僕を成り上がらせようとする
最強女師匠たちが
育成方針を巡って
[しゅらば]
修羅場
Vol.2
Boku wo nariagaraseyou to suru saikyou-onna-sisho tachi ga Ikusei-houshin wo megutte SYURABA
赤城大空
[イラスト]タジマ粒子
HIROTAKA AKAGI PRESENTS
JN049616

「みすぼらしい平民の子供が
こんなに立派な練習場で
一体なにをしているのかしら？」
NAME
カトレア・
リッチモンド

クロス・
アラカルト
NAME
ジゼル・
ストリング
NAME
「なにしてるって、
鍛錬に決まってんだろうが」

NAME
エリシア・
ラファガリオン

「全身で風を浴びながら
私直々に魔法を放つ際の感覚を
身体に教え込み、モンスターどもへ
空中から一方的に魔法を撃ち続ける
……ふふふ、これほど効率の良い
魔法の修行方法も
なかなかあるまい」

リュドミラ・
ヘィルストーム
NAME
「っ⁉　あううっ⁉」

CONTENTS

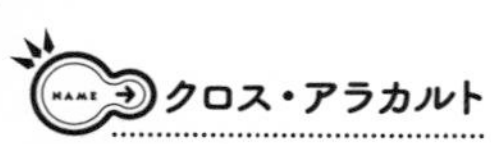

僕を成り上がらせようとする最強女師匠たちが育成方針を巡って修羅場[しゅらば] Vol.2

HIROTAKAKAGI PRESEN

赤城大空
［イラスト］タジマ粒子

Boku wo nariagaraseyou to suru saikyou-onna-sisho tachi ga Ikusei-houshin wo megutte SYURABA

CHARACTERS

クロス・アラカルト

冒険者に憧れる少年。
師匠たちの修行のお陰で夢に近づく。

リオーネ・バーンエッジ

世界に9人しかいないS級冒険者の1人。
世界最強種の一角《龍神族（ドラゴニア）》で
近接戦闘に長けている。

リュドミラ・ヘィルストーム

世界に9人しかいないS級冒険者の1人。
世界最強種の一角《ハイエルフ》で、
様々な魔法属性に精通している。

テロメア・クレイブラッド

世界に9人しかいないS級冒険者の1人。
世界最強種の一角《最上位不死族（ノーライフキング）》で、
様々な嫌がらせスキルと回復魔法に長けている。

エリシア・ラファガリオン

勇者の末裔。
歴代最高の天才と称されるサラブレッド。

ジゼル・ストリング

冒険者学校付属の孤児組のリーダー格
不器用な優しさがあり、人望は厚い。

カトレア・リッチモンド

中堅貴族の少女。
傲慢でプライドの高い性格だが、調子に乗りやすい。

プロローグ　動き出す猛者たち

「おお、あれが勇者の末裔、エリシア・ラファガリオン殿か」

「幼少の頃に一度拝見して以来だが、ますます美しくなられた。それにあの隙のない立ち居振る舞い……わずか16歳で最上級職に到達したという信じがたい話も頷ける」

要塞都市バスクルビア。

冒険者の聖地と呼ばれる巨大城塞都市の中でも一、二を争う豪邸にて、その華やかなパーティは開催されていた。

誰もが煌びやかな衣装と自信に満ちた表情をまとっており、貴族やそれに類する上流階級の集まりであることが一目でわかる。

そしてその華やかな催しの中心で一際美しい光を放つのは一人の少女だ。

勇者の末裔――エリシア・ラファガリオン。
厭世観の滲む無表情に周囲を強く拒絶するような目つきは、およそ社交の場にふさわしい態度ではない。

だがその宝剣を思わせる美貌と最上級職まで上り詰めた強靱な魂は圧倒的な存在感を放ち、会場中の視線を釘付けにしていた。

ただ、エリシアに視線が集まっているのは彼女一人だけが原因ではない。

勇者パーティの末裔と呼ばれる三人の傑物がエリシアを守るように付き従っているのも、彼女が注目を集める要因だった。

「どの御仁も凄まじいな……アレが今代の勇者パーティか」

「彼らを頭に据える各派閥がどこも自信に満ちているわけだ。此度の勢力争いは常ならぬ激戦が予想されるな」

エリシアたちを話題の中心として、パーティは終始和やかに進んでいく。

この場にいるほとんどの者がまだ正式には家督を継いでいない若者だが、一人の例外もなく上流階級としての教養を身につけた者たちだ。

酒に溺れるような愚か者などいるはずもなく、そこかしこから朗らかな笑いが起こる。

だがその一方で——この場にいる誰一人として目が笑っていなかった。

しかしそれも当然だろう。

なにせこの会場には大陸最大国家、アルメリア王国の貴族家次期当主たちが集結しているのだ。

それはすなわち、王国内でしのぎを削る三つの大派閥——《三王勢力》が一堂に会しているということでもあった。

勇者の末裔がバスクルビアに長期滞在するこの時期、それに惹かれて各地から有力者の集結するこの要塞都市は世界の縮図というべき勢力争いの場となる。

そしてその勢力争いとは、代々この《三王勢力》が中心となって勃発する争いなのだった。

大陸中から人の集まるこの街で派閥が保持する力を誇示できれば、自分たちが家督を継いだ際に派閥が持つ影響力はより強いものとなる。

ゆえに貴族家次期当主たちは自らの将来のため、なによりプライドのため、その全員が慎重に勢力争いの準備を進めているのだった。

エリシアの冒険者学校入学から早一か月。

いよいよ準備段階を脱し行動を開始しようとしている貴族たちがこうして一か所に集まれば、笑顔の下で激しく火花が散るのも無理はなかった。

そんななか、

「ふん、どいつもこいつも、今日の夜会を境に様子見は終わりとでも言いたげな顔だな。まあ主催の狙いはまさにそれなのだろうが」

集まった貴族たちの中でも一際目立つ風貌をした青年が鋭く視線を巡らせた。

そしてパーティのざわめきに隠れるように、周囲の者へ小さな囁きを漏らす。

「いよいよ連中との勢力争いも本格化していくだろう。三大派閥の中でも随一の武闘派として名を馳せるディオスグレイブ派として出遅れるつもりはない。他派閥に先立ち、いち早く手駒を増やせ。傘下に下らぬ有望株がいれば、他派閥に取られる前に潰して構わん」

そして青年は一人の少女へと目をとめる。

「特にカトレア。お前は派閥の中でも特に魔法に優れたリッチモンド家の跡取りであり、同時にこの私の従姉妹でもある。期待しているぞ」

「お任せください！」

青年が声を潜めているにもかかわらず、カトレアと呼ばれた少女は堂々と胸を張る。

「このカトレア・リッチモンド、必ずやお兄様の満足のいく結果をご覧にいれましょう」

そうして夜は更け、パーティもお開きへと近づいていく――。

その翌日。

「……とは言ったものの。さて、どうしたものかしら」

冒険者学校の談話室を従者たちとともに我が物顔で占有しながら、カトレア・リッチモンドは思索にふけっていた。

お兄様にああは言ったものの、はてさて最初はどう動いたものか。

優雅に紅茶を飲みながら考えを巡らせる。

だがどうにも良い考えが浮かばず、傍らに控える従者たちに丸投げしようかと思っていた、そんなときだった。

談話室の窓から何の気なしに外を見下ろしていたカトレアは、敷地内を行き交う平民の冒険者たちがなにやら騒いでいることに気づいて声を漏らす。

「……？　なんだか騒がしいわね。なにかしら」

するとひときわ体格の良い従者の一人が「恐らくあの噂(うわさ)かと」とカトレアに進言した。

「先月の授与式で話題になっていたあのジゼル・ストリングと《無職》の孤児が危険度(リスク)4のロックリザード・ウォーリアーを討伐したとか。討伐証明部位も持ち帰っているらしく、昨夜から平民たちの間で話題になっているようです」

「……ぷっ、あっはははははははははははははは！」

と、従者の報告を聞いたカトレアが急に腹を抱えて笑い出した。

「先月《職業(クラス)》を授かったばかりの平民が危険度(リスク)4討伐ですって!?　しかもジゼル・ストリングってアレでしょう!?　授与式であれだけ目立っていたくせに、復学試験で《無職》に負けたっていうあの！　期待外れの！」

どう考えてもあり得ないわ、とカトレアは笑いながら続ける。

「それにしても平民って随分と頭が悪いのね。目撃者のたくさんいる復学試験と違って、モンスターの討伐なんてたまたま死体を見つけたとか、誰かに頼んで討伐してもらったとか、いく

らでも偽装できるわ。危険度4に勝ったなんてバレバレの嘘を広めたってすぐバレるのに。そうまでして周囲から舐められないようにするなんて……それで自分たちを守ってるつもりかしら」

カトレアは孤児のリーダー格らしいジゼルがあからさまな嘘を広めた理由を推察しつつ、笑いすぎて目に浮かんだ涙を拭う。

そして、

「決めた。最初はそいつらにしましょう」

滑稽極まりない孤児の虚勢に嗜虐心を刺激されたかのように、カトレアが口角をつり上げる。

「《無職》なんかに負けたうえに、危険度4程度に勝ったなんてハッタリが威嚇になると思ってる雑魚を傘下に加えて役に立つかはわからないけれど……地元民は情報収集の役に立つし、ジゼル・ストリングは変わった固有スキル持ちだという噂があるわ。最初の成果としてはまずまずね」

言って、カトレアはジゼルたち孤児組の動向を探るよう従者に命じる。

「さあ急ぎなさい！　ディオスグレイブ派の一番槍としていち早く版図を広げ、ギムレットお兄様に褒めてもらうのよ！」

談話室に、カトレアの上機嫌な笑い声がいつまでも響いていた。

第一章　新しい日常

1

「やあああああああっ！」

とんでもなく広い中庭に、僕――クロス・アラカルトの声が木霊(こだま)する。

それと同時に連続して響き渡るのは、激しい剣戟(けんげき)の音だ。

「よーし、病み上がりにしちゃあ良い気合いだ！　そのまま好きなように打ち込んでこい！」

そう言って僕に剣の稽古(けいこ)をつけてくれている絶世の美女は、世界に九人しかいないS級冒険者の一人、リオーネ・バーンエッジさんだった。

近接戦に特化した龍神族(ドラゴニア)の《崩壊級万能戦士(ディストラクション・ウォーロード)》であるリオーネさんは荒々しく笑いながら、僕の攻撃を軽々と受け止める。

そうして僕とリオーネさんが模擬戦を続ける一方、その様子を見守ってくれているのは、リオーネさんに勝るとも劣らない二人の美女だった。

「ふむ、クロスの体調は悪くないようだな。無茶は禁物だが、ひとまず回復したようでなによりだ」

「えへへぇ、そりゃあわたしが全力で回復スキルを使ったんだから当然だよねぇ」

ハイエルフの《災害級魔導師(アークウィザード・ディザスター)》――リュドミラ・ヘィルストームさん。

最上位吸血族(ノーライフキング)の《終末級邪法聖職者(ダークプリースト・ハイエンド)》――テロメア・クレイブラッドさん。

リオーネさんと同じS級冒険者である二人は、満足げに頷(うなず)きながら僕に優しい視線を向けてくれていた。

いまでも信じられないことだけど、僕はいま、世界最強クラスの冒険者であるこの三人の弟子として一緒に暮らし、毎日修行に励んでいる。

ただ、修行といってもそれはみんなが連想するような辛く厳しいものとはほど遠い。

ちょっと恥ずかしいくらいに褒(ほ)められ、疲れればスキルで即回復して続けられる模擬戦。

無限に魔力を供給されながら気の済むまで続けられるスキルの反復練習。

食事は毎度のごとく高級食材が並び、毎日の修行の仕上げに行われるのは、なんだかとても恥ずかしいマッサージと反則級の秘薬の摂取。

街中にもかかわらず周囲への迷惑なんて気にせず修行ができるほど広いこのお屋敷は師匠たちの持ち物で、僕にも贅沢(ぜいたく)な一人部屋が与えられていた。

その修行環境は世界で一番贅沢といっても決して過言じゃない。

けれどもちろん、最初からこんなふうに恵まれていたわけじゃなかった。

いまから一か月半ほど前。

その年14歳になる子供たちが一斉に《職業（クラス）》を授かる豊穣祭のあの日。

ろくにスキルも覚えなければレベルも一切上がらないという最弱無能職《無職》を授かった僕は、見込みなしとして冒険者学校を追い出された。

けれど危険度（リスク）９の巨大モンスターが街を襲うという大事件が起きた際、そんな僕なんかに「見込みがある」と言ってくれた師匠たちに拾われてから、僕の世界は大きく変わったんだ。

《力補正Ｌｖ８（＋64）》　《防御補正Ｌｖ８（＋66）》　《俊敏補正Ｌｖ８（＋67）》
《攻撃魔力補正Ｌｖ５（＋40）》　《特殊魔力補正Ｌｖ５（＋41）》
《切り払いＬｖ９》　《緊急回避Ｌｖ９》
《身体硬化【小】Ｌｖ７》　《身体能力強化【小】Ｌｖ６》
《ウィンドシュートＬｖ５》　《ガードアウトＬｖ６》
《体内魔力操作Ｌｖ５》　《体内魔力感知Ｌｖ５》
《体外魔力操作Ｌｖ３》　《体外魔力感知Ｌｖ３》
《クロスカウンターＬｖ８》　《イージスショットＬｖ１》

一生かけて器用貧乏になれるかどうか、なんて言われるほど成長の遅い《無職》の特性を完全に無視したスキルの急成長。

すべての《職業》の基礎スキルを習得できるという《無職》だけが持つ特性を活かすように師匠たちから授けられた、あり得ない組み合わせのスキルたち。

それによって僕は孤児院の同期であるジゼルに勝利して冒険者学校に復学。

森の中で遭遇した危険度4にもジゼルとの共闘で勝利し、こうして生き残ることができているのだった。レベル0、ステータスオール0のままで。

すべては僕なんかを拾い、反則級の修行で育ててくれている師匠たちのおかげだ。

そうして僕は世界最強クラスと言われる女師匠たちのもと、今日もまた修行に明け暮れているのだった。

昔、僕を助けてくれた勇者の末裔――エリシアさんのような冒険者になるために。

いつも誰かを守っている人がピンチになったとき、それを守れるくらい強い冒険者になるために。


――ガギン！


と、模擬戦を続けていた僕の剣がリオーネさんの腕に叩き込まれた。

けれどそれは当然、僕の実力なんかじゃない。

リオーネさんが戦いの流れの中でわざと隙(すき)を作り、僕に打ち込ませてくれたのだ。危険度(リスク)4との戦いの中で突如として出現した、異質極まりないその黒い剣戟(けんげき)を。

「ん、なるほどな」

攻撃を受けた箇所を真剣に観察しながらリオーネさんが口を開く。

「《イージスショット》。確かに下級特殊(エクストラ)スキルとは思えねえ威力だ。これなら防御特化の危険度(リスク)4を仕留めたって話も頷(うなず)ける」

実はこの模擬戦は、先の戦いで発現した謎(なぞ)のスキル《イージスショット》の検証を目的としていた。

《クロスカウンター》。

《ウィンドシュート》。

《ガードアウト》。

本来ならば《職業(クラス)》制限によって同時取得できないはずのスキルが統合されて生まれたらしいこのスキルは、ステータスプレート上で「不在(エラー)スキル」と分類されていた。

そんな種類のスキルはリオーネさんたちも聞いたことがないそうで、こうして実際にスキルの効力などを見て今後の伸ばし方や活用法を考えてみることになったのだ。

それにしても……あのロックリザード・ウォーリアーの皮膚を簡単に切り裂いた《イージスショット》を生身で受けて無傷なんて、リオーネさんの防御力はどれだけ高いんだろう。

まあ上級土石魔法を顔面で受けて平気という常識外れな人だから、いまさら考えるだけ無駄な気もするけれど。

「防御低下の霧を風魔法の力で極限まで圧縮し、相手の身体に一か所だけ極端な弱点を作る。そしてそこをカウンターの要領で貫くスキルか。本当に戦士、魔法、邪法スキルが統合されているな……改めて信じがたい事象だ」

と、リュドミラさんが《イージスショット》を分析しながら顎に手を当てて唸る。

「威力も申し分ねーしな。ったく、すげぇスキルを発現したもんだぜ。さすがはあたしの弟子だな！」

「そうだねぇ、さすがはわたしの弟子だねぇ」

「わ、わわわっ!?」

リオーネさんが上機嫌に僕の頭をわしゃわしゃと撫でてくれる。

それと同時に、なんだか対抗するようにテロメアさんが僕の頰を撫でてくるものだから、僕は思わず赤面してしまった。

僕の成長を自分のことのように喜んでくれる師匠たちの優しい賞賛を受けて、心底温かい気持ちになる。

けれど師匠たちが褒めてくれた《イージスショット》は強力な反面、それなりに欠点もあって、

「ただまあ、なかなか扱いの難しいスキルではあるな。一瞬とはいえ発動に詠唱が必要みてーだし、まだLｖ1で熟練度が低いってのを差し引いても成功率が低いしな」

そう。

この模擬戦で判明したことなのだけど、実はこの《イージスショット》、スキルの発動がめちゃくちゃ難しい。何十回と発動させようとした中で、成功したのはほんの二、三回ほど。ちゃんと当たったのなんて先ほどの一回だけで、まだ実戦で安定使用できるような代物ではなかったのだ。

せっかく発現した凄いスキルの短所に僕は正直少しへこんでいたのだけど……師匠たちに言わせれば強いスキルというのは所持しているだけで大きな意味があるそうで、

「ふむ。成功率に関しては確かに今後の課題ではあるが、一撃必殺のスキルというのは悪くない。いざというときの切り札があればそれだけで戦闘中に冷静さを保つことができる」

「それに実戦で失敗しても、それが「見せスキル」として機能するしねぇ。得体の知れないスキルを持ってるってアピールすると、相手が勝手に身構えてくれて、御しやすくなるんだよぉ」

リュドミラさんが冷静に、テロメアさんが怪しく笑いながら言う。

そして最後にリオーネさんがまとめるように、

「なんにせよ有用なスキルには違いねぇってこった。まあしかし安定勝ちには向いてねぇ玄人(ピーキー)向けのスキルってのも間違いじゃねえからな。いざというときの切り札として地道に磨きつつ、基本的にはほかの既存スキルを安定技として優先的に伸ばしていく。とりあえず今後の修行方針はそんなとこか」

「は、はい！　よろしくお願いします！」

《無職》なんていう最弱職の利点をしっかりふまえて僕を育ててくれているように、尖(とが)った性能のスキルにもしっかりと筋道だった利点を示して育成方針を示してくれる。

百戦錬磨の優しい師匠たちによる的確な指導に心の底から感謝しつつ、僕は再び修行に没頭するのだった。

2

クロスがまだ病み上がりということで大事をとり、その日の修行は早めに切り上げることになった。

そんなわけで手持ち無沙汰になったクロスは夕食の準備を手伝うべく、食堂をせわしなく動き回っている。

「リュドミラさん、お皿ここにおいておきますね」

「ああ、ありがとう」

とはいえリュドミラの用意する食事はシンプルなものが多く、クロスにできることといえばテーブルを拭いたり配膳したりといった程度のことだ。

しかしクロスが手伝いを申し出てくれたことそのものが嬉しいらしく、先ほどからリュドミラはすこぶる機嫌が良い。

「ときにクロス」

と、リュドミラは夕食の準備がほぼ完了した頃合いを見計らい、その話題を切り出した。

「君は芸術に興味はあるか?」

「?　芸術、ですか?」

「ああ。明日は大事をとって修行を休むことにしているだろう?　息抜きに私と二人で、図書館での読書や観劇に興じてみるつもりはないか」

言って、リュドミラは修行における息抜きの重要性を語りはじめた。

いままでは修行生活に慣れさせることを最優先として、休養日はひたすら身体（からだ）と心を休めることに専念させてきた。

だが本来の休息とは一見して修行とは関係のなさそうな遊びや活動を通して気分転換を行い、修行で学んだことを定着しやすくするという重要な役目がある。

だからたまには屋敷を出て遊び歩いてみるのも良いのではないか、とリュドミラは語る。

「冒険者はその職務上、様々な亜人種や王侯貴族と接する機会も多くなる。そうしたときに共通の知識や教養があれば相互理解が進みやすくなり、仕事もしやすくなるだろう。ゆえに芸術鑑賞は冒険者の息抜きとしてはそれなりに合理的といえる。芸術方面であれば私もそれなりに教えることができるし、いまから少しずつ楽しみ方を学んでみてはどうだろう」

「なるほど……」

リュドミラの理路整然とした主張にクロスは感心したように頷く。

孤児院時代は雑用を押しつけられたり自主練に必死だったりで余裕がなかったが、勇者と魔神の戦いを描いたものが多いという演劇や書物には昔からそれなりに興味があった。

リュドミラの言うことはもっともだし、まずはお金のかからない読書あたりからはじめてみるのもいいかもしれない。

と、クロスがリュドミラの提案に頷こうとした、そのときだった。

「おいおいおい、リュドミラてめえ、なにしれっと抜け駆けしようとしてやがんだ?」

クロスたちの会話をいつから聞いていたのか。

赤髪を逆立たせるような威圧感をまとったリオーネがずんずんと食堂に踏み入ってきた。

さらにリオーネはリュドミラからクロスを引き剥がすようにして抱き寄せると、

「おいクロス。息抜きっつーなら**あたしと二人で**剣闘大会の観戦にでも行かねーか？　人の戦いをしっかり分析するのも良い修行になっからな。冒険者の息抜きっていったらコレだろ」

リュドミラとはまったく違う息抜きを提案。

「え、ええと……?」

突然のことにクロスが目を白黒させる中、さらに状況を混沌とさせる人影が食堂に現れる。

「二人ともわかってないなぁ」

そう言ってクロスを胸元に抱き寄せるのは、騒ぎを聞きつけてやってきたテロメアだ。

「クロス君は病み上がりなんだし、わたしと二人でぶらぶらお店を巡ったり、おうちでダラダラボードゲームをやったりしてまったりまったりしっぽり過ごすのが一番に決まってるよぉ。ね～」

「ちょっ、テロメアさん⁉」

顔に当たる柔らかい感触にクロスは顔を真っ赤にして大混乱。

リオーネが「おいこら色ボケクソ女！」とテロメアを引き剝がしにかかるなか、凍てつくような殺気をまき散らすのはリュドミラだ。

「おい貴様ら……私とクロスの間にいきなり割り込んでなにを好き勝手にほざいている」

「ああ？　あたしに黙ってクロスの休日を独り占めしようとしたクソエルフは黙ってろ。つーかテロメア！　てめーもいい加減クロスから離れろ！　殺すぞ！」

「は～？　やれるもんならやってみればぁ？」

バチバチバチバチ！

世界最強の美女たちがクロスを中心に火花を散らし、A級冒険者も裸足で逃げ出すような一触即発の空気を作り出す。

「あ、あの、皆さん……⁉」

その異常な展開を前にして盛大に困惑するのはクロスである。

さっきまで休日をどう過ごすかという平和な話題に興じていたはずなのに、なぜこんな修羅場めいたことになっているのか。わからない。

だが少年がわからないのも無理はなかった。

彼は知らないのだ。

S級冒険者と呼ばれるこの三人の怪物が、クロスを拾って育てている理由。

すなわち、クロスを将来の恋人候補として理想の男に育てあげようとしていることを。

そう。

彼女たちは完全なる私利私欲で、自分たちが惚(ほ)れ込んだ世界最弱の少年に修行をつけているのである。

そしてもちろん、我の強い彼女たちは将来的にクロスを独占する気満々。

クロスをより強い男にするためにいまはこうして三人で育てているが、最終的にはクロスが自分を選ぶようにと水面下でつばぜり合いを繰り広げているのだった。

クロスとの仲を深めようと画策したり、互いに牽制(けんせい)したりと、修行の妨げにならない範囲でその争いは続いていたのである。

そしてそのつばぜり合いは、ここ数日でさらに激しさを増していた。

その理由のひとつが、クロスの示した底知れない将来性だ。

スキルの成長を促す前代未聞の固有スキル《持たざる者の切望》。

そしてあらゆる《職業》のスキルを習得可能な《無職》だけが発現できると思われる未知の力、不在スキル。

ただでさえ素直で真っ直ぐなクロスは可愛らしいことこの上ないというのに、どこまで伸びるかわからない可能性まで示されては争奪戦に熱が入るのも無理はなかった。

そうでなくとも、最近はクロスと過ごせる時間が減るとなぜか妙にイライラする。

強烈な不安感が胸を満たし、落ち着かない気持ちで上の空になってしまうのだ。

こんな感情を抱くのは初めてで、三人はどうにも気持ちの制御に困ることが増えているのだった。

ゆえに、

「てめえらいい加減にしろよ？　クロスはあたしと剣闘大会に行くんだよ」

「黙っていろ蛮族が。クロスは私と理性的な会話を楽しむのだ」

「あのさぁ、修行でも裏方ばっかりのわたしがクロス君との息抜きの時間まで奪われたらたまったもんじゃないんだよねぇ。そういうこと少しは考えられないかなぁ？」

互いに一歩も譲らない。

これが修行方針の相談であれば、世界最強クラスの冒険者である三人の意見はある程度の一致を見ただろう。クロスの成長を最優先に考え、身を引くだけの理性はいまの三人にも十分に残っている。

だが休日の過ごし方となれば話は別だ。

戦闘力以外の部分をいかに自分好みに染め上げるかという点で、クロスとともに休日を過ごす順番や頻度はとてつもなく重要な意味をもつ。

ましてやクロスが自分以外の女と休日を過ごすなど想像しただけで不愉快極まりない。

妥協などできるわけがなかった。

そしてこれまでその圧倒的な戦闘力によって我を通し続けてきたろくでもないS級冒険者たちがたどり着く結論はただひとつ。

「てめえら……どうしても譲らねーってんなら久々にヤるか？　お？」

「いいだろう、最近は全力で暴れる機会もなかったからな。私の力を思い知らせてやる」

「は～、後悔しても知らないからねぇ？」

戦争である。

「クロス、夕飯は先に済ませておきなさい。私たちは少し……軽い運動をしてくる」

「え、ちょっ、皆さん!?」

睨み合いの末にリュドミラが発したその言葉を聞き、クロスはぎょっと目を見開く。

なんだか嫌な予感がした少年は慌てて三人を止めようとするのだが――S級冒険者の暴走を食い止める理屈などそう何度も閃くものではない。

クロスが説得する間もなく、三人は凄まじい速度で屋敷を飛び出していってしまうのだった。

――そして後日。

街の北に広がるモンスターの巣窟《深淵樹海》で巨大都市数個分の広さに匹敵する森林が消し飛んでいたという冗談のような観測結果が報告され、冒険者ギルドを震撼させるのだが……それはまた別の話だ。

3

リュドミラさんたちがお屋敷を飛び出していったその後。

大丈夫なんだろうかと心配しながら言いつけ通り夕飯を片付けて待っていたところ、やがて師匠たちは目のやり場に困るほど服をボロボロにして帰ってきた。

「ちっ、また引き分けか」

「忌々しい……次こそはさらに威力を高めた極大殲滅魔法で消し飛ばしてくれる」

「は～、もっと時間があれば二人ともドロドロのグズグズにしてあげられたのになぁ……」

口々に不穏な言葉を漏らしつつ、師匠たちはその場で簡単なクジを作成。

「これで恨みっこなしだからな」とばかりに目配せして、三人が同時にクジを引いた。

「っしゃオラ！　これも日頃の行いってやつだな！」

「「……」」

　そしてその結果、僕は息抜きとしてリオーネさんとお出かけすることになるのだった。

（な、なんかリオーネさんたち本気で喧嘩してきたみたいだったけど、どうしてそこまで……それともS級冒険者はああやって定期的に戦って腕が鈍らないようにしてるのかな……？）

　なんだかこれまでも何回か喧嘩してるみたいな口ぶりだったし……。

　と、僕は師匠たちが休日の過ごし方ひとつでどうしてあそこまでムキになるのか不思議に思っていたのだけど……その翌日。

　息抜きとしてリオーネさんに連れられてやってきたその場の光景に、細かい疑問なんてすっかり吹き飛んでしまっていた。

「わ――――っ、凄い人の数ですね！　リオーネさん！」

「おう、席も良いとことれたしな。今日は目一杯楽しもうぜ」

　そこは要塞都市バスクルビアの中央にある代表的な円形闘技場のひとつ。

　この闘技場では今日、中級近接職の冒険者たちによる剣闘大会が開かれており、僕とリオーネさんは二人で観戦に訪れているのだった。

　バスクルビアでは冒険者同士の切磋琢磨を目的として、昔からこの手の大会が頻繁に開催されている。

　けれど勇者の末裔エリシアさんが街に滞在している影響でその規模は例年とは比べものにならないものになっていて、客席は満員。

　大会に参加する冒険者の数も数百人単位だそうで、予選を勝ち抜いてきた今日の本大会はかなり水準の高い戦いになると予想されていた。

　昔からこの手の大会にとても興味があった僕は試合開始前からドキドキしっぱなし。

　リオーネさんに観戦料をおごってもらっている現状を心苦しく思いつつ、危険度4に勝ったお祝いと言われてしまえば素直に楽しむしかないのだった。

「あっ、一回戦がはじまるみたいですね！　うわぁ、装備もゴツくてどっちも強そうです！」

眼下。

　土の敷かれた素朴な舞台に選手の人たちが入場してくる。

　上位の大会や貴族の人の決闘では特殊な儀式魔法を使って死亡事故が起きないようにするらしいけど、この大会は復学試験と同じでそういった措置はないらしい。

と、僕が入場選手を中心に大会の様子をしげしげと眺めていたところ、

「ふーん、レベル23の《重戦士》と24の《瞬閃騎士》か。ちいとばかしショボいが、まあ第一

試合ならこんなもんか」

「え、あれ？　リオーネさん、選手の《職業（クラス）》とレベルがわかるんですか？」

僕は驚いて隣に座るリオーネさんに顔を向けた。

冒険者にとってレベルやステータスといった情報は生命線。

漏洩は命にかかわることもあるためこうした大会でも大々的にアナウンスされることはなく、使用スキルから情報が漏れることを嫌って大会には出ないなんて人もいるくらいなのだ。

それなのにどうして、と思っていると、リオーネさんは自分の瞳（ひとみ）を指さして荒々しく笑う。

「ん？　ああ、別に大したことじゃねーよ。共通スキル《下位鑑定》の効力だ」

共通スキル。

《職業（クラス）》によって取得できるスキルが決まっているこの世界において、その垣根を越えて色々な人が使うことのできるスキルのことだ。

「《商人》の使う本物の鑑定スキルに比べるとかなり性能は落ちるし、相手との実力差がありすぎると不発だったりするけどな。相手の《職業（クラス）》やレベル、ステータスなんかが一発でわかってなにかと便利なんだぜ。戦闘で重要なのは相手の情報をいち早く摑（つか）むことだからな」

「話には聞いたことがありますけど……それは確かに便利ですね」

鑑定された側はすぐにそのことに気づくからみだりに使えないって話も聞くけど、それを差し引いてもかなり便利なスキルだった。

「お、興味あるか？　習得はかなり時間がかかるけどな、ひたすら場数を踏んだり、こうして観戦する機会を増やしまくればお前もいずれ習得できるぞ。……っと、そうだな。どうせなら楽しく真剣に観戦して《鑑定》習得の肥やしになるよう、ちょっと工夫してみっか。対人戦の勉強にもなるし」

と、リオーネさんはなにやら腕を組んで考えると、

「よしクロス。これからの試合、誰が勝つかあたしと賭けをしよーぜ」

「か、賭けですか？」

「おう。そこらで売ってる飲み物や軽食を賭けて一試合ごとに勝敗予想だ。こんくらいならお遊びの範疇（はんちゅう）だし、お前の懐も痛まねえだろ？」

なんだか少し悪い遊びのような気もしたけれど、リオーネさんの表情は心底楽しげで。

初めて剣闘大会を前にした高揚感も加わり、僕はおずおずと頷（うなず）いていた。

「じゃあええと、僕が先に予測してみていいですか……？」

「よーし、そうこねえとな！　もちろんクロス、お前が先に選べ選べ。こっちは《下位鑑定》があるからな。そうじゃねえと不公平だ」

「それじゃあ……僕は《重戦士》の人が勝つんじゃないかと」

「お、意外な選択だな？　レベルはそっちのほうが低いぞ？」

「ええと、《瞬閃騎士》っていうのは確か、防御と速度が比較的高いって聞くので。防御と攻撃に秀でた《重戦士》には決め手がないんじゃないかなって」

「なるほどな。じゃあその予想が正しいかどうか、観てみることにすっか」

リオーネさんが言うと同時に試合開始の合図が響き、会場が一気に沸騰する。

そうして僕もほかのお客さんと一緒になって試合の趨勢を見守るなか、

「いいかクロス、《重戦士》は基本的に、防御重視でスキルを鍛えてることが多いんだ。でもって一発だけでかい攻撃スキルを磨いてたりする。耐えて耐えて、一瞬の隙に必殺の一撃を叩き込む待ち伏せ型のスキル構成が鉄板なわけだ」

試合展開に応じて、リオーネさんが観戦初心者にもわかりやすい解説を行ってくれる。

「ほら、あの《重戦士》も待ちに徹してんだろ。こうなってくると決め手に欠けるぶん手数で判定勝ちを狙ってる《瞬閃騎士》のほうは精神をかなり削られる。ただ注意が必要なのは、あいう軽戦士がカウンター系スキルを隠し持ってる場合で――」

それは、ともすれば観戦初心者にはなにが起きているのかわからなくなってしまう試合の理解度を跳ね上げてくれる丁寧な解説で。

勉強になると同時に、試合の面白さを何倍にも引き上げてくれるものだった。

最強クラスの近接職であるリオーネさんによる試合解説――そんな世界一贅沢な環境で、僕は初めての大会観戦をたっぷり堪能するのだった。

＊

「〜〜〜っ。剣闘大会、すっごく面白かったですね！」

夕方。

僕は興奮冷めやらぬまま、リオーネさんとともに円形闘技場を後にしていた。

今日は本当に楽しかった。

はじめての試合観戦。後半になればなるほど高度になっていく試合。

そしてなにより、それらの高度な試合を僕でもわかるように説明してくれるリオーネさんの解説と、ちょっとした賭け。

一試合一試合に手に汗握り、中級職の人たちが磨いてきたスキルやそれを用いた戦術に舌を巻く。応援する対象がいると観戦時の集中力は桁違いで、僕はリオーネさんとの試合観戦にすっかり夢中になってしまっていたのだった。

だから僕はリオーネさんを振り返り、

「今日は本当にありがとうございました！　また一緒に観に行きたいですね！」

はしゃぎ回る子供のように、そんなことを言ってしまう。

「……くっ、めっちゃ可愛いな……どうせどっかであのバカ二人が見張ってんだろうから無理だが、このまま紛争地帯にでも連れてってクロスにもっと観戦させてやりたい……！」

と、なぜかリオーネさんが悶えるように手の平で顔を覆ってなにか呟く。

ど、どうしたんだろう……と僕が面食らっていた、そのときだった。

「畜生いくら賭けたと思ってやがる！　あのクソ中級職、最後の最後で負けやがって！」

僕らのすぐ後ろ。

円形闘技場の出入り口から、なんだか酷（ひど）くガラの悪い声が聞こえてきた。

振り返ると、そこにいたのは見るからに荒くれ者といった風体の冒険者集団。

酒を飲んでいるのか、全員そろって顔が赤い。

しかもどうやら賭博に大負けしたらしく、全員が酷く荒れているようだった。

周りを威圧するような足取りでずんずんこちらに歩いてくる。

「リ、リオーネさん。行きましょうか」

すぐこの場を離れないときっと面倒なことになる。

冒険者の集まるバスクルビアで長年過ごしてきた経験から、僕はすぐその場から移動しようとする。

けれど、

「おいそこのガキ」

「っ」

ドスのきいた声が僕に向けられた。

「なに俺たちの前に立ち塞（ふさ）がってやがんだぁ？　しかもそんなとんでもねえ上玉を連れて試合

観戦たぁ、良いご身分だな？　ええ？」

「俺たち大損こいちまってよぉ。ちょっと恵んじゃくれねえか？」

か、絡まれた！

てゅーかこれ、最初から僕たちのことを狙ってたんじゃあ……!?

突然のことに僕が慌てていると、冒険者たちはあっという間に僕とリオーネさんを包囲。

周囲の人たちがギルドに通報しようとしているのも気にせず、堂々と金銭をせびってきた。

「……っ」

僕は咄嗟にリオーネさんの前に出て、ショートソードの柄に手をかける。

「おっとガキ、下手に格好つけねえほうが身のためだぞ？」

小馬鹿にするように笑いながら、冒険者たちが一斉にステータスプレートを掲げる。

そこに浮き出た表示に、僕は目を見開いた。

「っ!?　上級職!?」

《上級重戦士》《上級瞬閃拳士》……彼らの《職業》はいずれも上級職と呼ばれる強力なものだったからだ。

（一口に上級職っていっても強さの幅はかなり広いっていうけど……クラスアップ条件から考えて、最低でもレベル50はあるベテラン集団だぞ、この人たち……っ）

「わかったか？　なら大人しく俺たちの言うことを……？　おい」

と、冒険者たちの顔が突如として不愉快げに歪む。

「おい小娘、てめえなに無視してやがんだ？」

その視線の先にいたのは、リオーネさんだ。

囲まれたにもかかわらず顔を覆ったままのリオーネさんに対し、冒険者たちが自分勝手な不快感を示す。

「ちょうどいいとこにカスが現れてくれたな。人目は多いが……まあどうにでもなるか」

だけどリオーネさんは相変わらず無反応――というかこの状況でなにか別のことを考えている様子だった。完全無視だ。

それを見て青筋を立てた冒険者たちが、お酒臭い息をまき散らしてがなり立てる。

「舐めてんのかこのアマ！　見たとこ竜人族らしいが、いくら長命種でもテメェみたいな小娘、せいぜいが高位の中級職だろうが！」

リーダー格らしき男の人がなにやら目に力を込めてリオーネさんを睨んだ。

次の瞬間。

「な……あ……!?」

怒りとお酒で真っ赤になっていたその顔が、突如として真っ青に変色する。

「あ、ありえねえ……上級職である俺の《下位鑑定》が不発……!?　馬鹿な……そんな実力差のある相手なんて、最上級職か、あるいはそれ以上の……っ!?」

「お、おいどうしたんだよリーダー!?　なにをそんなに震えて――」

冒険者たちがざわめきだした、その直後のことだった。


ドボゴシャア!　バキベキボキィッ!


「「「……え?」」」

周囲に風が吹き荒れ、聞いたこともない異音と衝撃が耳を貫いた。

かと思った瞬間――リーダーと呼ばれていた上級職の男の人が、悲鳴をあげる間もなくぐちゃぐちゃになって地面にめり込んでいた。

「「「……は?」」」

リオーネさんが彼の肩を軽く叩いて地面にめり込ませたのだ。

――と、僕がかろうじてその事実を認識したその直後、周囲に広がる風景が突如として大通りから路地裏へと切り替わる。

いや……切り替わったんじゃない。

異常な身体能力を持つリオーネさんの手で、僕たちはまとめて路地裏に引きずり込まれていたのだ。

「む、胸ぐらを掴まれたと思ったら一瞬で……!?　な、なんだよ、なんなんだよこれ!?」

「上級職の俺らがなんの反応もできねえって、どういう……⁉　一体なにが……⁉」

「り、リーダー？　おい、冗談だよな、上級職が瞬殺されるなんて、んな馬鹿なこと……っ」

かろうじて息のあるリーダーとともに路地裏に投げだされた冒険者たちが、平静さを失ったようにわめき散らす。

「お前ら、運がいいな」

あまりの事態に言葉を失う僕を小脇に抱えたリオーネさんが、にっこりと笑みを浮かべた。

その獰猛な笑みに見下ろされた冒険者たちが「「「ひっ⁉」」」と喉を鳴らす。

「あたしとクロスの楽しい休日に泥を塗るなんざ、普通はその場でぶっ殺してるとこなんだが……あたしの言うことを聞けば見逃してやる」

そしてリオーネさんは、有無を言わさぬ声音で彼らに命じた。

「お前ら、ちょっとそこで殺し合え」

「「「……は？」」」

「ちょうど、愛弟子のためにもう少し試合観戦を続けてぇなって思ってたとこなんだよ。だからな、あたしらを満足させる死合いをやって、なおかつあたしの存在を他言しねーって約束すんなら、命だけは助けてやる。ただし」

リオーネさんの身体から異様な圧力が噴出した。

「互いに致命傷をわざと避けるようなぬるい死合しやがったら……どうなるかわかるよな？」

あとで聞いた話だけど、そのときリオーネさんは格下の戦意をたたき折る《威圧》というスキルを使っていたそうだ。

「「「う……あ……うわあああああああああああああああああっ!?」」」

悲痛な絶叫が路地裏に響き渡る。

続いて火花を散らすのは、恐怖で顔面をぐしゃぐしゃにした冒険者たちの激しい剣戟。

同士討ちによる血潮と涙が周囲に飛び散るなか、リオーネさんは「試合」の様子を見て満足げに頷き、とても楽しげで温かい笑みを僕に向ける。

「よしっ、じゃあ今日のおさらいがてら、勝敗予想してみるか。ちなみに上級職になってくるとスキルの数もかなり増えてな。小技も含めると戦略の幅が大分広がって――」

「って、ちょっとリオーネさん!?　やりすぎ！　やりすぎですよ！」

僕はそこでようやくはっと我に返った。

当たり前のように「試合解説」をはじめたリオーネさんの服を摑み、必死に訴える。

「早く止めてあげてください！　でないとあの人たち大怪我しちゃいますよ!?　どう考えてもやりすぎですって！」

「え？　そうか？　あの手の連中はこれくらいやったほうがいい躾になんだけどな」

リオーネさんがきょとんとした顔で小首をかしげる。

その美貌と相まって場違いにもドキッとしてしまうような仕草だったけれど、いまはリオーネさんに見惚れている場合じゃない。早くしないと人が死んじゃう!?

「躾云々は確かにそうなのかもしれないですけど！　でもきっともう十分ですって！」

「そういうもんか？　まあクロスがそう言うなら……」

そうして僕は釈然としない様子のリオーネさんをどうにか説得し、試合という名の殺し合いをやめさせてもらうのだった。

よ、よかった……大変なことにならなくて……。

それにしても上級冒険者パーティを街中で誰の目にも触れず瞬殺するなんて……S級冒険者の強さは、僕なんかではまだ計り知れないほどに果てしないものらしかった。

4

翌朝。

「昨日は凄く楽しかったなぁ。……最後のはちょっとびっくりしちゃったけど」

僕は冒険者学校へ向かう道すがら、昨日の衝撃的な出来事を思い返していた。

聞けばリオーネさんは僕にもっと「試合観戦」を楽しんでほしかっただけらしく、それはとてもありがたい心遣いだったけれど……アレはやっぱりやりすぎだよね……。

僕のことを真剣に考えてくれてるからか、百戦錬磨のS級冒険者であるリオーネさんたちはどうにもやることが規格外になりがちみたいだ。休養日の過ごし方ひとつで大喧嘩(げんか)していたことといい、どうにも荒っぽい方向に。

……と、僕は師匠たちの言動を思い返し、その凄(すさ)まじさに改めて圧倒されていたのだけど、学校に近づくにつれて別のことが思考の大部分を占めるようになっていた。

ジゼル・ストリング。

孤児院の同期で、僕のことを長らくいびっていた女の子のことだ。

というのも僕は今日、ロックリザード・ウォーリアーを倒したあの日以来、初めて学校に顔を出す。すなわちジゼルと改めて顔を合わせるのも今日が初なのだ。

ジゼルとは共闘した流れで仲直りできたと思っているのだけど、実際のところはどうなのかまだちょっと不安だったりする。

なので僕は正直かなりドキドキしながら学校の講義室に足を踏み入れた。

その途端。

——ぴたっ。

朝の雑談でざわついていた講義室が一斉に静まりかえった。

そしてその場にいた全員の視線が僕に集まり、なにやらひそひそと言葉が交わされる。

「おいあれ……《無職》の……」

「危険度(リスク)4を倒したって本当なのかな?」

「さすがになんか大げさに言ってるだけじゃあ……」

「お前、直接聞いてこいよ。《無職》のほうでもジゼル・ストリングのほうでもいいから」

「いやでも……」

な、なんだ……?

よくわからない講義室の空気に僕はちょっと萎縮(いしゅく)しつつ、ジゼルの姿を探して周囲を見渡す。

彼女はすぐに見つかった。

いつも孤児組が陣取っているあたりで、仲間の孤児たちと一緒に固まっていたのだ。

僕が視線を向けると、頬杖(ほおづえ)をついていたジゼルとばっちり目が合う。

その途端、

「……っ!」

「え」

全力で目を逸らされた。

いや、目を逸らすどころか、首の骨が折れそうなほどの勢いで顔を逸らされる。

(どうしたんだろう……やっぱり僕が早とちりしちゃってただけで、まだ仲直りできてなかったのかな……?)

盛大な不安に苛まれつつ、それでも僕は勇気を出してジゼルに近づく。

「あの、ジゼル？　怪我のほうはもう大丈夫？」

テロメアさんが回復スキルを使って治してくれたというのは聞いているけど、挨拶がてらそう尋ねてみる。すると返ってきた答えは、

「ああ!?」

威嚇だった。

なんだかもの凄く怒ってるみたいにその褐色の肌を赤く染め、ジゼルが僕を睨んでくる！

（ど、どうしよう、なんか怒ってる!?　でもなんで!?）

僕が困惑していたところ、周囲の孤児組がジゼルになにか耳打ちしはじめた。

「おいジゼル、お前なにやってんだ!?」

「危険度4に殺されそうなとこを助けられたんだから、もうクロスとの諍いはなしって話じゃなかったのかよ!?」

「う、うるせぇな！　急に話しかけられてちょっとびっくりしただけだ！」

「びっくりってあんた、そんな性格じゃないでしょ……？」

な、なんか揉めてる？

それもなんだか僕に関することで？

う、うーん。よくわからないけど、今日のところは少し距離を置いておいたほうがいいのか

な……？

　僕はそう考え、離れた位置に座るためにジゼルたちへ背を向けようとした。

　そのときだ。

「あ……っ」

　ガタッ。

　ジゼルが声を漏らしながら立ち上がる。

　え、と思い僕が立ち止まると、

「あ、う……」

　ジゼルが熱でもあるのかと思うくらい顔を赤くして唸る。

　そしてまた僕から露骨に顔を逸らしながら、

「……な、なにわざわざ遠くに座ろうとしてんだ。……そこ、空いてんだろうが」

　言ってジゼルが指し示したのは、まるで誰かがとってくれていたみたいにぽっかり空いた、ジゼルのすぐ前の席。孤児組の陣地だった。

　僕が驚いていると、ジゼルがもにょもにょと口を動かす。

「……なにぼーっとしてんだ。さっさと座れよ。講義はじまんぞ」

「う、うん！」

　ジゼルの言動にはまだ少し棘があある。

だけど先日までとはまったく違うその対応に、僕は思わず笑顔を浮かべて席に着くのだった。

*

「「「あんなことして悪かった！」」」

講義が終わった直後。

西の森で僕を囲んだ孤児組の面々がそろって頭を下げてきた。

え、ええ……？

「ジゼルが『もう諍い（いさか）はなし』って宣言してから頭を下げるなんて調子良すぎる、ってのはわかってる！　埋め合わせはなんでもするから、遠慮なく言ってくれ」

僕をクエストに誘ってくれたパーティリーダーがみんなを代表してそんなことを言う。

だけど僕はみんなが頭を下げて謝罪してくれているのが逆に申し訳なくて、

「だ、大丈夫だよ！　結果的にみんな無事だったんだし！　僕はもう気にしてないから」

埋め合わせというなら、変にかしこまるのをやめてほしい。

そう言ってみんなに頭を上げるよう頼む。

するとみんなは目を丸くし、

「お、お人好しかよ……」

「お人好しだ……ジゼルじゃないけど、こりゃ確かに冒険者やらせるの不安だわ……」

「守ってあげないと……」

ほっと胸をなで下ろすような、どこか呆れているような、よくわからない反応が返ってきた。

なんだろう、僕なにか変なこと言ったかな？

けどまあ、これで正式に和解は済んだと思う。これからは変にギクシャクすることなく孤児組のみんなとやっていけるだろう。

そんなふうに、僕は僕でほっと胸をなで下ろしていた。その直後だった。

「そんじゃあ、クロスにも許してもらえたところで……」

孤児組のみんながなにやらそわそわした様子で顔を見合わせる。

かと思えばなんだかやたらと熱のこもった瞳で一斉に僕の方に詰め寄ってきた。

「なあお前さ、危険度4を一人で倒したってホントなのか!?」

「え」

「ジゼルはそう言い張ってるんだけど、ホントのとこはどうなの!?」

「てゆーかそもそも生き残ったってだけで意味不明なんだが、どんな手を使ったんだよ!?」

「え、ええっ!?」

いきなり質問攻めにされて僕は盛大に狼狽える。

しかもなんだか危険度4に一人で勝ったなんて誇張された噂が広まってるみたいで、僕は突然のことに困惑しながら訂正した。

「い、いやいやいや！　違うよ、危険度4はジゼルと協力してどうにか……一人でなんて絶対に無理だったよ！」

けど、その訂正は孤児組の熱狂めいた興奮をさらに刺激することとなった。

「……ってことは、倒したのは事実なんだよな!?　じゃなきゃいまお前らがここにいるわけねーし、ジゼルがギルドに危険度4の素材の一部を提供してたし！」

「ほんとどうなってんだよお前！　退学になったと思ったら《職業》授与から一か月でジゼルに勝つし、そのうえ危険度4まで討伐するとか！」

「てゆーか君、短期間でめちゃくちゃスキル伸ばしてるよね!?　それも近接職のスキルだけじゃなくて魔法スキルまで使ってたし、どうなってるの!?　なにか凄いコツがあるとか!?」

「どんな特訓したらそうなるんだよ羨ましい！　なあ、ちょっとでいいから秘訣を教えてくれよ！　頼む、この通り！」

「ちょっ!?　み、みんなちょっと落ち着いて……!?」

凄まじい質問の嵐に僕は目が回りそうになる。

も、もしかしてみんな、仲直りよりもこっちが本命だったりする!?

い、いやまあ、それも当然といえば当然かもしれない。

ここ一か月半の僕の成長速度は、我ながらあまりにも規格外。

僕の《職業》がほとんど成長できないとされる《無職》であることを考えれば、常識外れもいいところなのだ。

スキルの数とＬｖが命運を左右する冒険者ならその秘密をなんとしても知りたいと思うのも無理はない。

けど僕の成長速度は、僕自身の実力や創意工夫の結果なんかじゃない。

すべては《無職》の僕を拾ってくれた師匠たちの手厚い修行による賜物だ。

そして僕が三人のＳ級冒険者に育てられているという事実は口外できないことになっている。

バレたら面倒なことになるから、という師匠たちとの大切な約束なのだ。

だから僕はこの場をどうにか誤魔化さないといけないのだけど……ど、どうしよう。

危険度４を倒したと聞いたみんなの興奮は尋常じゃない。

適当にあしらうなんてできそうになかった。

かといって間違っても本当のことなんて言えないし……と、僕がしどろもどろになっていたところ――。

「おい。やめろお前ら」

不意に。

それまで押し黙っていたジゼルが声をあげた。

「冒険者のスキルを聞き出そうとするのはルール違反だし、鍛錬方法だってそんな気軽に聞いていいもんじゃねえだろ」

「えー、でもよぉ」

「でもじゃねえ！」

食い下がる孤児組にジゼルが一喝。

途端、それまで僕を質問攻めにしていたみんなが理性を取り戻したように大人しくなってしまった。

す、凄い。あんなに熱狂してたみんなをこんな簡単に。

というか、ジゼルいま、もしかしなくても僕をかばってくれた……？

「つーか、お前もお前だ」

と、僕の方へ向き直ったジゼルがギロリと睨(にら)んできた。

そのまま僕の腕を摑(つか)――もうとして、慌てたように服の裾を摑む。

「ちょっとツラ貸せ、話がある」

「え、ジゼル？　ちょっ、なに？」

ジゼルは僕の疑問には答えず、有無を言わさぬ様子でずんずんと僕を講義室の外へと引っ張っていった。


連れてこられたのは、人気(ひとけ)のない廊下の片隅。

ジゼルは周囲に人目がないか執拗に確認すると声を潜め、早速本題を切り出した。

「お前な、あの化け物どもに師事してることは秘密なんだろ？　だったら誤魔化す準備をしとくなり、きっぱり断るなりしろよな。危なっかしい」

ジゼルから呆れたように言われ、僕は「あれ？」となる。

ジゼルって、僕と師匠たちの関係を知ってたのか、と。

（あ、そうか。ジゼルから西の森でなにがあったか事情を聞いたってリュドミラさんが言ってたし、そのときにジゼルも僕たちの関係を知る機会があったのか）

じゃあやっぱり、さっきジゼルは僕の事情をわかったうえで助けてくれたのだ。

その事実がなんだか嬉しくて、僕は呆れかえった様子のジゼルに思わず笑みを浮かべる。

「ごめん、気を遣わせちゃって。ありがとう」

「な……っ、かっ、勘違いすんじゃねえぞ!?」

するとジゼルはなぜか顔を赤くして、また僕から顔を逸らす。

「孤児院の連中にお前の秘密が知られたら、私が情報を漏らしたって思われるからな！　……いやマジで、あんな化け物集団に目ぇつけられるなんざ絶対にごめんなんだよ……」

ジゼルがだらだらと冷や汗を流しながら声を震わせる。

あ、あのジゼルがなんかめちゃくちゃ怯えてる……？

師匠たちとの間でなにかあったんだろうか。

いやでもリュドミラさんたちは「軽く和やかに事情を聞いた」としか言ってなかったし……。

ジゼルの様子に僕が首をひねっていると、

「……で？」

ジゼルがなにやら問い詰めるような鋭い視線を向けてきた。

「え？」

「え、じゃねえよ。お前、あの美人……じゃなくて、化け物集団に師事してるってことは、その、あれだ……一緒に暮らしてたりすんのか？」

「え、ええと、それは……」

なぜか酷く真剣な様子のジゼルに、どこまで話していいのか一瞬迷う。

「言えよ。どうせもう私は色々と知ってんだから、秘密もクソもねーだろ」

「あー、う、うん。そうだね、一緒に暮らしてる。退学になった日に拾われて、それからずっと師匠たちに面倒を見てもらってるんだ。色々と」

「色々……」

途端、なぜかジゼルの顔から表情という表情が抜け落ちる。

な、何事!?

「……はーん、あのとんでもねえ美人どもと一か月以上もなぁ」

「ジ、ジゼル？　なんかすごく怒ってない？」

「はぁ!? 別にキレてねえよ！ 死ね！」

めっちゃ怒ってるよね!?

死ねって言ったし！

「……ちっ、なんだよそれ……ただでさえどうすりゃいいのかわかんねーってのに、あんな化け物美人と一緒に暮らしてるとか、もうどうしようもねーだろうが……」

しまいには手で額をおさえ、ぶつぶつと低い声を漏らしはじめるジゼル。

さ、さっきからジゼルは一体どうしちゃったんだろう……。

どう声をかけたものかわからない。

けど結局、迷った末に口から出てきた言葉は、さっきから頭に浮かんでいる素直な気持ちだけだった。

「……なんか、あれだね。ずっとほかの人には言わないようにしてたから、師匠たちのお世話になってることを誰かに話せて、少し気が楽になったかも」

と、僕の言葉を聞いたジゼルがピクリと反応する。

「さっきもそうだったけど、僕ってああいうふうに質問攻めにされるとどうしていいかわかんなくて困っちゃうから、止めてもらえてすごく助かったよ。唯一秘密を知ってくれてるのがジゼルでよかった」

そんな僕の言葉のどこに反応したのかはわからない。

「……チッ」

けれど舌打ちしながら顔をあげたジゼルはどこか嬉しげな表情を浮かべていて。

「……じゃあ、あれだな。お前が化け物どもの世話になってるっつー話は、てめーと私だけの秘密ってわけだ」

ぽんっ。

軽くじゃれあうように、ジゼルは僕の胸に拳を押し当ててきた。

それからジゼルは照れ隠しでもするかのようにさっと僕に背を向ける。

「じゃ、話すことは話したし、講義室に戻るか。……あー、でもあれだ、なんか恥ずかしいし、お前は少し時間をあけてあとで戻ってこいよ。いいな?」

「え? う、うん」

謎の指示を残し、小走りに去っていくジゼル。

その背中が廊下の角に消えるのを見ながら、僕は拳を押し当てられた場所に手をあてて思わず呟いていた。

「よかった……ジゼルの様子はちょっとおかしいけど、ちゃんと仲直り、できてたみたいだ」

ようやく実感の湧いてきたその事実をかみしめる。

そしてジゼルの謎の指示に従い、少し間をあけて講義室に戻ろうとした、そのときだった。

「じー……」

「っ!?」

物陰からこちらを窺うエリシアさんと、ばっちり目が合ったのは。

5

心臓が止まるかと思った。

なにせ物陰からこちらをじっと見つめていたのは、僕が冒険者に強く憧れるきっかけになった人だったからだ。

白銀の髪が特徴的な、磨き抜かれた宝剣のように綺麗な女の子。

エリシア・ラファガリオンさん。

その華奢な見た目に反し、彼女はわずか16歳で最上級職にまで上り詰めた正真正銘の天才だ。なにせ彼女はかつて魔神を打ち倒したとされる勇者の末裔で、その才覚は歴代でも突出しているとされている。

ここバスクルビアにはその血筋にふさわしい伴侶を探しに来たという話で、本来なら僕みたいな孤児の《無職》がおいそれとかかわったりできない雲の上の人だった。

けれどいまは少し事情が違う。

およそ一か月半前に起こったポイズンスライムヒュドラ事件。

それをきっかけに僕とエリシアさんは度々密会するようになり、こうして彼女に校内でいきなり捕捉されるのもはじめてではないのだった。

けど……こんなふうになにか言いたげな様子でじーっと見つめられるなんて事態ははじめてのことで、僕はどうしていいかわからずあわあわと混乱してしまう。

「……あのガラの悪い子と、仲直りしたの？」

「え？」

「二人とも小声だったから話の内容はよく聞こえなかったけど、なんだかとっても仲良さそうにしていたから、もしかして仲直りできたのかな、って」

ぽつり、とエリシアさんからそんなことを言われ、そこでようやく僕の頭がまともに回り出す。

ああそっか。

エリシアさんはヒュドラ事件でのお礼とお詫び（？）として、僕とジゼルが仲直りできるようにと相談に乗ってくれていた。だからその顛末を気にしてくれてるんだ。

エリシアさんの意図をようやく理解した僕は、彼女に駆け寄って早口でまくし立てる。

「はい、そうなんです！　実はちょっと大変なことがあって、それをきっかけにジゼルと仲直りできたみたいなんです。いままで相談に乗ってくれてありがとうございました！」

「そうなんだ……じゃあやっぱり、これからはもう君とのお菓子選びをする必要はないのね」

あ、あれ？

なんだろう。

悩み事が解決したという報告をしたのに、なんだかエリシアさんが酷く残念そうにしているような……気のせいだろうか。エリシアさんって表情が読みづらいところがあるし。

けどエリシアさんはそれきりしゅんと肩を落として沈黙してしまい、僕はどうしていいかわからなくなる。

やっぱりどこか落ち込んでいるような……けどどうして？　と僕が困り果てていたときだ。

「あ」

なにか閃いたとばかりに、エリシアさんが勢いよく顔を上げた。

「ねえクロス。『大変なことがあって仲直りできた』っていうことは、あのガラの悪い子とは、自然に仲直りできたってことかしら？　私の選んだお菓子とは関係なく」

「え？　……あ、まあ、そういうことになる……んですかね？」

エリシアさんの謎の質問に戸惑いながら、僕は首を縦に振る。

するとエリシアさんは僕のほうにずいと詰め寄ってきて、

「なら、まだお礼とお詫びが済んだことにはならないわ」

「……え？」

「あの子との仲直りに私が役に立ったわけじゃないもの。だから、他になにかしてほしいことがあったら、いつでも相談して。美味しいお店に行きたいとか、珍しいものが食べてみたいとか、なんでも言ってくれていいから」

「え、ええ……!?」

その綺麗な顔を近づけて断言するエリシアさんに、僕は赤面しながら困惑する。

ジゼルとの件で相談に乗ってもらった上に、逢い引きめいたお菓子選びにまで付き合ってもらっただけでもう畏れ多すぎるというのに。

けれどエリシアさんはよほど義理堅いのか、お礼とお詫びが足りていないと本気で思っているようで。なあなあで済ませる気は一切ないようだった。

（リオーネさんたちに拾われてしばらく経ってからわかるようになったけど……こういうときは変に遠慮するほうが相手に悪いみたいなんだよね……）

真っ直ぐ見つめてくるエリシアさんから思わず目を逸らしながら僕は考える。

（特にエリシアさんは僕に恩義を感じてくれてるみたいだから、ちゃんとお返しできないとそのほうがエリシアさんの負担になっちゃいそうだし……なにか良いお願いはないだろうか）

そうして首をひねっていた僕の脳裏にふと思い浮かんだのは、先ほど僕を取り囲んで質問攻めにしてきた孤児組の姿だった。

どうやって危険度4を倒したのかと、キラキラした瞳を向けてきた同期たち。

そこで僕は思い出す。

エリシアさんに助けられて冒険者に憧れたあの日からずっと、エリシアさんに聞いてみたいことがあったのだと。

「あ、あの、それじゃあ……」

子供の頃から胸に秘めていたその願望を、僕はドキドキしながら口にした。

「僕……エリシアさんの武勇伝とか、聞いてみたいです」

「……？　ぶゅーでん？」

不思議そうに小首をかしげるエリシアさんに、僕は慌てて補足する。

「あ、いや、エリシアさんの《職業》とかスキル構成を探ろうってわけじゃないんです！　ただ、いままでエリシアさんがどんなモンスターと戦ってきたとか、世界にはどんなものがあるかとか、エリシアさんの口から直接聞いてみたいなぁ、なんて」

武勇伝。冒険譚。

それは昔から、人々の心を摑んで離さない最上の土産話だ。

冒険者の聖地であるこの街では特にそれを耳にする機会が多く、孤児院で育った僕も世界各地から集まってくる冒険者や孤児院の先輩が語る嘘か本当かもわからない自慢話に胸を躍らせていた。

実はいまでもリオーネさんたちの語る規格外の冒険譚に目を剝く毎日ではあるのだけど……幼少の頃から憧れたエリシアさんから聞ける話となればまた別腹。

そんなわけで僕はエリシアさんに武勇伝をねだってみたわけなのだけど……、

「本当に、そんなものでいいの？　……私の戦いに、聞く価値なんてないと思うけれど」

「え？　なに言ってるんですか!?　そんなことあるわけないじゃないですか！」

なぜか急に表情を暗くして、本気でそんなことを言っているらしいエリシアさんに、僕はほとんど反射的に反論してしまっていた。

世界最高峰の才能を持つ人の体験談が無価値なはずがない。

僕と僕の村を救ってくれたこの人の足跡が無価値なわけがないと。

しかし数瞬後。

僕は自分がかなり大きな声を出してしまっていたことに気づき、全力で狼狽する。

「あ、す、すみません大きな声を出して！　つ、つい」

我に返って急激に恥ずかしくなる。

な、なにやってるんだ僕は！　武勇伝をねだってる分際で！

ほら、エリシアさんも目をパチクリさせて凄く驚いてるし！

あ、穴があったら入りたい……と僕は身体を縮こまらせていたのだけど――。

「……そっか。じゃあ、そうしよっか」

「え……？」

「武勇伝。そんなことでいいなら、いくらでも聞かせてあげる。また周りの目を盗――都合の良い日ができたら知らせるから、美味(おい)しいご飯でも食べながらお話ししましょう。約束よ？」

さっき一瞬だけ見せた暗い表情は見間違いかなにかだったのだろうか。

エリシアさんははにかむように微笑(ほほえ)んでそう言うと、軽い足取りで去っていってしまうのだった。

エリシアさんが不意打ちで見せたそんな表情に、僕は自分の失態も忘れてしばらく呆けていたのだけど……そこであることに気づいて「あ」と我に返る。

「お金……どうしよう……」

すっかり忘れていたけれど、諸事情によりエリシアさんとの密会にはやたらとお金がかかる。

それに実は現在、危険度(リスク)４に破壊された装備を新調するべく僕はお金を貯めようとしている最中だったりして……とにもかくにもお財布に余裕がない。

なんだか数日前にも同じような感じで途方に暮れていたような……と自分の進歩のなさに呆れながら、僕は再び金策に頭を悩ませるのだった。

第二章　討伐大会

1

「やっと戻ってきやがった。おいクロス、そういやお前、金に困ってんだって？」

エリシアさんと別れて講義室に戻ると、どこか待ち構えていたような様子でジゼルがそんなことを尋ねてきた。

「え!? ど、どうしてそれを……？」

驚いて聞き返すと、

「お前が西の森の常設依頼を受けようとしてたのは、手っ取り早く金が欲しかったからなんだろ？　こいつらから話は聞いてんだよ」

ジゼルは僕をパーティに誘ってくれた孤児組の面々を指で示す。

あ、そっか。

そういえば金欠云々(うんぬん)の事情は、西の森にいく最中に（色々と伏せた上で）話してたんだっけ。

てっきりエリシアさんとの話でも聞かれたんじゃないかと少し焦ってしまった。

僕が勝手に慌てていると、ジゼルが「けどよ」と僕にだけ聞こえるよう声を潜め、

「不思議なんだが、お前あんな化け物どもに養われといて金に困るなんてことがあんのかよ」

「ああ、うん。身体作りに必要ってことで食事なんかは用意してもらってるけど、それ以外はちゃんと線引きしてもらってるんだ」

特に装備品などについては基本的に僕の稼ぎ＝冒険者としての実力や実績にあわせたものをその都度そろえる方針になっていて、いま僕が装備しているショートソードもギルドからの借り物だったりする。

壊したらそのまま借金になっちゃうし、エリシアさんのことを抜きにしてもまとまったお金は早急に必要なのだった。ギルド支給の品でも、お値段は結構するからね……。

「ふーん、じゃあ金に困ってるってのはホントなわけだな」

と、僕の話を聞いたジゼルはなんだかそわそわした様子で明後日の方向を向き、

「……だったらいい話がある。お前、私らと一緒に依頼受けろよ」

「っ!?　いいの!?」

僕は飛び上がりそうになってジゼルに顔を寄せる。

「ち、ちけーよバカ！」

するとジゼルは大げさなくらい僕から距離を取って声を張り上げる。

「べ、別にもういがみあう理由もねーしな！　あとちょうど割の良い依頼が張り出されてたか

ら、私刑の詫びも兼ねて誘ってやろうってだけの話だ！」

なぜか言い訳みたいにまくし立てると、ジゼルは掲示板からもってきたらしい一枚の依頼書を突きつけてきた。

そっか。そうだよね。

諍いはなくなったんだから、今度こそ本当にパーティを組んで依頼を受けられる。

その事実にまた嬉しくなりつつ、僕はジゼルが持ってきてくれた依頼書に目を通した。

「これって……そっか、そういえばもうふわふわスライム討伐大会の時期だったたっけ」

それは毎年似たような時期に大量発生し、数週間おきに繰り返しこの街に飛来してくる小型モンスター、ふわふわスライムの討伐依頼だった。

ある意味ではこの街の風物詩みたいな依頼で、ギルドはこの時期になると毎年大量の冒険者パーティを募集するのだ。

報酬はふわふわスライムを一体倒すごとに上乗せされる完全出来高制。

狩り場も森の中とかじゃなく、比較的街に近い草原で迎撃するという形式なので、怪我をしてもすぐに避難できるというローリスクハイリターンな美味しい依頼だ。

確かにこれなら討伐数次第で短期間にどかっと稼げる。

そうして僕は食い入るように依頼書を読み込んでいたのだけど……募集要項の欄にさしかかったあたりで「あれ？」と首をひねった。

そこには太字で『安全性を考慮し、十人に一人以上の割合で近接中級職をパーティに入れておくこと』と書かれていたのだ。

「ねえジゼル、募集要項に中級職必須って書いてあるけど……孤児院の先輩や卒業生にでも協力してもらうの？」

ジゼルがこんな基本的な見落としをするとは思えずそう尋ねる。

するとジゼルは「あ？　あー、そういやお前にはまだ教えてなかったか」と頭をかきつつ、

「私はこの前の危険度(リスク)4との戦いで一気にレベルアップしたんだよ。そのときのボーナスでLv10になった下級スキルが中級スキルに昇格。クラスアップ条件を満たしてな。ほらよ、いまの私は《撃滅戦士見習い》を卒業して、レベル20の中級職《撃滅戦士》だ」

「え!?　す、凄い！　職業授与から《職業(クラス)》授与からまだ二か月も経ってないのに、もう中級職になったの!?　普通は早くても二年くらいかかるらしいのに！」

ジゼルに差し出されたステータスプレートを見て目を剝(む)く。

下級職から中級職への進化。

それは単純なレベルアップとは比べものにならない成長をもたらす変化だ。

下級スキルの習熟効率アップ、特定ステータスの急上昇など、下位の《職業(クラス)》とは一線を画す強さを発揮できるようになる。

レベル0から成長できない《無職》の僕には決して経験できない躍進。

《職業》授与から二か月足らずでそんな進化を果たしたジゼルに僕は素直に尊敬の念を抱くのだけど、なにやらジゼルは不満げだった。

「チッ。別にすごかねーよ。実力じゃなくて、《無職》のお前が倒した危険度4のおこぼれレベルアップだろうからな」

ジゼルはそう言うけど、単なるおこぼれじゃあろくに魔素が吸収できず、大してレベルアップできないっていうのは常識だ。一気にレベルが上がるなんて、危険度4との戦いでジゼルがしっかり僕を助けてくれたなによりの証拠だった。

けどなんとなく、いまのジゼルにそれを言っても納得してくれそうにない。

ということでジゼルの言い分を黙って聞いていると、ジゼルは話を戻すように咳払い。

「まあ、つーわけでだ。私が中級職になったから、この依頼を受けるのになにも問題はねーよ。私も前よりずっと強くなってるし、足は引っ張らねーって約束してやる。だから、その」

と、ジゼルはなぜか急に不安そうな表情を覗かせ、ぽつりと呟く。

「私らと一緒に、受けてくれるよな？　この依頼……」

「うん、もちろん！」

ジゼルが中級職になったというなら問題なんてなにもない。

ありがたい申し出に、僕は迷うことなく即答するのだった。

2

そして翌日の午後。

街の北。

《深淵樹海》方面に広がる草原地帯には、何百という冒険者パーティが集結していた。

在野の経験豊富そうなパーティから、見るからに高級な装備を身に纏った貴族らしきパーティまで、討伐大会に参加している人たちは多種多様。

後方では誰がどのくらい討伐したのか観測するため、複数の《上級レンジャー》が高台に待機して準備を進めていた。

「わぁ、討伐「大会」っていうだけあって、なんだかお祭りみたいな雰囲気だね」

ローリスクハイリターンな討伐依頼ということもあってか、周囲の冒険者たちはやる気に満ちあふれており、その高揚感がこちらにも伝わってくる。

僕もパーティを組んでの依頼は実質的にこれが初めてということもあり、なんだかとてもワクワクしてしまっていた。

と、その一方で。

僕やジゼルとパーティを組んで討伐大会に参加している孤児組の面々はなにやらヒソヒソと言葉を交わしていた。

「なあ……この依頼(クエスト)ってさ、俺らにはちょっと早いから受けるのは別に来年でもいいだろ、ってジゼルが受諾見送りしてたやつだよな？」

「そうそう。クロスが金欠って知った途端、『まあいけるだろ』って急に方針がね……」

「まあ私らは全員『せっかく割りの良い仕事なんだから！』って依頼を受けるようジゼルを説得してた側だから願ったり叶ったりなんだけど……そんなにクロスと一緒に依頼(クエスト)受けたかったのかな？」

「もともと可愛(かわい)さ余って憎さ百倍だったのが、反転して可愛さ百倍になったってこと……？」

「おいお前ら、なんか言ったか……？」

「「「っ!?　いや別に！」」」

なぜか顔を赤くしたジゼルが一睨(ひとにら)みした途端、孤児組が一斉に押し黙る。

ど、どうしたんだろう。

気になって尋ねてみるもジゼルは「なんでもねえよボケ！」の一点張りで、僕はなにがなんだかよくわからないのだった。

と、そんな謎(なぞ)の一幕はありつつ、みんなと陣形や装備品の最終確認を行い、すべての準備をばっちり整えた頃。

「来たぞーっ！」

《音響魔導師》によって増幅された号令が広い草原に響き渡る。

続いて人々が武器を取る金属音が鳴り――やがて耳を揺らすのは無数の羽音だった。

「あれが大量発生したふわふわスライム……凄い数……！」

北の空から風に乗って現れたのは、万を超えようかという無数の影。

パン生地みたいな身体にもこもこの羽が生えた可愛らしい危険度2モンスター、ふわふわスライムの大群だ。

このふわふわスライムというモンスターは、その可愛らしい見た目や名前、低い危険度に反して、それなりに凶悪なモンスターとして有名だった。

短い期間に大量発生しては次の繁殖地を求めて大移動を行い、道中の街を襲撃する生態。

それに加えて城壁を越えてくる程度の飛行能力があるため、これを逃がすと大都市でもかなりの被害を受けてしまう。

バスクルビアにはしっかり後詰めの上級冒険者が控えているとはいえ、ここでしっかり数を減らしておかないと危ない相手だった。

「よしお前ら！　空を飛んでるふわふわスライムの対処法はひとつだ！　事前に打ち合わせしたとおりやんぞ！」

ジゼルの号令が響き渡ると同時、僕らは下級魔法職である《水魔術師》と《火炎魔術師》の二人を守るようにして陣形を展開した。

ほかのパーティも僕らと同じように動いており、辺り一帯に何百人ぶんもの詠唱が一斉に響き渡る。

「我に従え満ち満ちる大気　手中に納めしくびき　その名は突風――」

そして僕も当然、剣を構えながら詠唱を開始。

魔法構築が完了するや、ふわふわスライムの群れに魔法を叩き込んだ。

「《ウィンドシュート》！」

手の平から打ち出された風の塊がいとも容易く危険度2を撃破する。

ドドドドドドドドンッ！

周囲でも次々と攻撃魔法が放たれ、ふわふわスライムが大量に打ち落とされていく。


「「「――キイイイイイイイイイイイイイイッ！」」」


すると、それまで半ば風に流されるように空を飛んでいたスライムたちの様子が一変した。

耳をつんざくような奇声を発し、魔法職目がけて突っ込んできたのだ。

「っし、来たぞ！　こっからが討伐大会本番だ！」

檄を飛ばすようにジゼルが叫び、突っ込んできたスライムを切り捨てた。

遠距離攻撃が可能な魔法職によって先制攻撃を行い、反撃のため地上に突っ込んできたスライムを返り討ちにする。

これが飛行モンスター、ふわふわスライムを大量討伐する際の定跡だ。

「我に従え満ち満ちる大気　手中に納めしくびき　その名は突風――」

僕は次弾を放つために詠唱しながらジゼルたちと並び、こちらに突進してくるスライムを切り伏せていった。

「よっしゃ二体目！」

「なんの、こっちは三体！」

危険度(リスク)2のふわふわスライムは近接攻撃スキルでも簡単に倒すことができ、僕たちは魔法職を守るようなかたちで次々と討伐数を稼いでいく。

「オラァ！　十五体目ぇ！」

なかでも唯一の中級職であるジゼルの活躍はひときわ目立っていて、僕の倍くらいの数を討伐して汗ひとつかいてないみたいだった。

（やっぱりジゼルは凄いや……僕も負けてられない！）

負けん気を刺激され、僕は詠唱を続けながらスライムを切って切って切りまくる。

……けど、途中からなにやら風向きが変わってきた。

「……っ!?　突進してくるスライムが、途切れない……!?」

それは想定を上回る敵の物量。

次々と押し寄せてくるふわふわスライムの数は凄(すさ)まじく、そのすべてを捌(さば)くことができなく

なっていた。互いに助け合おうとするも、慌ててしまって上手くいかない。やがて、

「うおっ⁉」

陣形をすり抜けた一体のスライムが背後の《魔術師》たちに突進。

顔面に体当たりを食らった《火炎魔術師》が詠唱を中断させられてしまう。

これはちょっとマズイかも……！

「《ウィンドシュート》！」

「《ウォーターカノン》！」

少しでも体勢を立て直そうと、どうにか詠唱を完成させた僕と《水魔術師》のコリーが魔法を放つ。

けれど、

「っ⁉　勢いが止まらない⁉」

下級魔法では焼け石に水。

数体のスライムを打ち落としただけでは状況は変わらず、僕たちは劣勢を強いられた。

「チッ、おいお前ら！　もう少し密集して防御優先に切り替えっぞ！」

ジゼルの指示に従い、互いの剣が当たらないギリギリまで密集する。

これならスライムにやられることはない。

けれど互いの距離が近すぎて思うように討伐数が稼げず、僕たちは一向に減らない敵の物量

に苦戦を強いられてしまっていた。

――そんなときだった。


ドゴオオオオオオオオオオオオオン！


戦場に凄まじい爆発音が鳴り響いた。

「な、なんだ!?」

戦闘中だというのに、僕は驚いてそちらを振り向く。

するとそこには信じられない光景が広がっていた。

空を埋め尽くしていたスライムの群れにぽっかりと穴があき、青空が覗いていたのだ。

バラバラとスライムたちの死骸が大量に降り注ぎ、周囲にはもくもくと赤黒い煙が逆巻いている。

「あれって……もしかして爆撃魔法!?」

僕が再び驚愕に目を剝くと、少し遠くから愉快そうな笑い声が届く。

「あはははははは！　これは気持ち良いわね！　威力よりも範囲に特化したスキルを使ってみたけれど、面白いように狩れるわ！」

見れば、高級そうな魔法職装備に身を包むヒューマンの少女が、自分の存在を誇示するようにして小高い丘の上に立っていた。

「さて、もう一撃いくわよ。――瞬滅の光明　走る熱砂　我が申命に従い世界を揺らせ」

「「「キイイイイイイイイッ！」」」

少女が詠唱を口にした途端、危険を察知したスライムたちが一斉に彼女へと押し寄せる。

その殺到具合はかなりのもので、僕たちを狙うスライムの数が目に見えて減少したと実感できるほどだった。

だけど、

「「「中級土石魔法《ロックキャノン》！」」」

少女の背後に控えていた中級魔法職――《魔導師》たちが複数の魔法スキルを放った。

先ほどの爆撃魔法よりは低出力ながら、その威力は僕たちの放つ下級魔法とは比べるべくもない。

その巨大な魔力の塊は再び大量のスライムたちを蹂躙する。

それでも少なくない数のスライムが生き残り、少女たち目がけて突き進むが――その突進が《魔導師》たちに届くことはなかった。少女の周囲に控えていた近接職たちが、迫り来るスライムを次々とたたき落としていたからだ。

「ぬんっ！」

「はっは、ぬるいぬるい！」

特に、爆撃魔法を放った少女の正面で剣を振るう二人の前衛。

その身のこなしは確実に僕やジゼルよりも上だった。

魔法攻撃で削られているとはいえ、それなりの数で押し寄せるスライムを背後の少女に一切近寄らせない。恐らくジゼルよりレベルの高い中級職だ。

そして――ドゴオオオオオオオオオオン！

護衛に守られた少女の手から再び放たれる強力な爆撃魔法で、スライムたちはまたその数を大きく減らしていた。

「す、凄い……！」

その洗練された連携と火力に僕が呆気にとられていると、ジゼルが不愉快げに声を漏らす。

「チッ……派手にやりやがって。ありゃカトレア・リッチモンドだな」

「？　知ってるの、ジゼル」

「そりゃな。カトレア・リッチモンド。ディオスグレイブ派の中堅貴族で、今年16の中級職、爆撃魔法に目覚めた《二重魔導師》っつー話だ」

「え……16歳で爆撃魔法が使える《二重魔導師》って……それ凄く凄いんじゃないの!?」

スライムの弾幕が薄くなったことで少し余裕のできたジゼルの言葉に、僕は語彙が減るくらいにびっくりする。

魔法スキルは通常、火、水、土、風の基本四属性に分類される。

どの属性が使えるかは授かった《職業》によって決まっていて、その多くは《水魔術師》や《風魔術師》など、単一属性しか使えない。

一方で複数の属性を使える魔法職は《二重魔術師》や《三重魔術師》などと呼ばれ、単身で様々な状況に対応できることからより上位の魔法職と見なされている。

そしてこの複数属性使いの中でも特に優れたセンスや適性を持った者だけが発現できる魔法が、いわゆる発展属性と言われるものだ。

水と風が混ざって氷結魔法に、土と風が混ざって音響魔法に、そして火と土が混ざって爆撃魔法に……といった具合に、より強力な属性に発展していく。

けれど発展属性に目覚め、さらにその状態で中級職や上級職の《魔導師》へとクラスアップしていくのは容易なことじゃない。

魔法は特定の属性だけを集中的に伸ばすほうが圧倒的に成長しやすく、複数の属性を極めないといけない複合属性持ちはどうしても成長が遅くなるのだ。

その成長の遅さは、《職業》授与の際にあえて単属性魔術師を選ぶ人が少なくないほど。

複数属性持ちというだけでそうなのだから、これが発展属性持ちとなるとさらに成長は遅くなる。

それなのにあのカトレアという貴族の少女は16歳で中級の《二重魔導師》。

それも爆撃魔法なんて発展属性まで持っている。

明らかに普通の成長速度じゃなかった。

『貴族は才能に恵まれた者が多いゆえに貴族なのだ』とはよく言われていることだけど、どうやら本当らしい。

と、そこまで考えて僕はふと疑問を抱く。

「そういえばジゼル、なんでそんなにあのカトレアって人について詳しいの？」

ジゼルは顔が広いから、色々な貴族の情報を握っていてもおかしくはない。けど名前や年齢くらいならまだしも、《職業》やディオスグレイブ派？　なんて情報まで完全に把握しているのは違和感があった。

するとジゼルは呆れかえった様子で、

「アホか。この街は婿探しに来たっつー勇者の末裔サマのせいで、貴族の実力誇示や勢力争いの場になってんだぞ。貴族どもの情報収集くらい、身を守るための基本だろうが」

「身を守る……？」

それってどういう……と僕はさらに疑問を深めるのだけど、

「……っ！　おしゃべりしてる暇はねーぞ。またスライムどもが勢いを増してきやがった！」

強力な爆撃魔法を食らって群れ全体が強烈な危機感を共有したのか。

戦場全体で勢いを増したスライムたちに立ち向かうべく、僕はちょっとした疑問なんか頭の片隅に追いやり、必死に迎撃を繰り返すのだった。

どうにかふわふわスライムの第一陣を撃退した僕たちは、夕方になってようやく街に帰還した。正門前に参加パーティが集められ、《上級レンジャー》によって観測された討伐数に応じた報酬がパーティに支払われていく。

＊

ひととおり報酬の引き渡しが完了したあとに行われるのは、表彰式だ。

そこでは後詰めの上級冒険者たちを除き、今回の討伐大会で特に多くのスライムを屠ったパーティがギルドから直々に表彰される。

そして案の定、簡易の表彰台に討伐数第一位として登壇したのは、きらびやかな装備に身を包んだあの一団だった。

「当然ね！」

壇上で満足げに胸を張るのはカトレア・リッチモンドさん。

そしてその両脇にはあの突出した二名の近接職が付き従っている。

どちらもカトレアさんと同い年くらいのヒューマンで、一人は落ちくぼんだ三白眼が神経質そうな印象を与える細身の男性。そしてもう一人は生真面目な武人といった形容がぴったりな偉丈夫だ。

パーティの中核らしい三人は眼下を睥睨するようにして、鳴り響く拍手を堂々と受け止めていた。

「ま、そりゃそうなるよな」

適当にパチパチと手を鳴らし、孤児組の面々が声を漏らす。

「爆撃魔法の使い手を中心に中級魔法職が三人、ジゼルよりレベル高いっぽい中級職が二人、その他五人って、あのロックリザード・ウォーリアーも安定して狩れる布陣じゃん」

「ふわふわスライムの討伐大会なんて、そりゃ楽勝だよ」

そうして貴族パーティが賞賛を浴びる一方、僕たちは受け取った報酬を山分けしながらその場で簡単な反省会を行っていた。

それなりに稼げはしたけど、思いのほか苦戦したうえに討伐数が伸びなかったということで、自然とそんな空気になったのだ。

「次のふわふわスライム襲来予想は大体三週間後。それまでに対策しとかねーとな」

言ってジゼルが頭を掻く。

「で、まあ、課題としちゃあ、私ら近接職の連携だな。一人一人はスライムに負けてねーのに、数に圧倒されて陣形を崩されてた。あれじゃ魔法職の火力も活かせねーし、パーティ組んでる意味がねえ。とりあえず連携の拙さをどうにかするってのが喫緊の課題か」

さすがの分析力で簡単にそうまとめたジゼルに、僕も含め反論の声はない。

そしてジゼルは討伐大会で疲弊しきった僕らを見渡すと、

「じゃあまあ、孤児組が使ってる専用の練習場があっから、二、三日ほど休養挟んだらそこで連携練習すっぞ。……特にクロス。お前も絶対参加しろよな」

なぜか最後に僕を名指しで指名し、内緒話でもするかのように顔を寄せてきた。

「あの化け物どもに鍛えられるのが一番効率いいんだろうが、他人との連携はまた別の話だろうからな。今日以上に稼ぎたきゃ、私らとの練習にもちゃんと顔出せよ」

「え？　う、うん、それはもちろんだよ？」

師匠たちからも多種多様な《職業》との連携や模擬戦は重要だとして学校通いを推奨してもらっているのだ。だから練習参加はむしろ願ったり叶ったりなんだけど、なんだかジゼルがやたらと必死なような……。

僕のことをしっかり戦力として数えてくれてるってことだろうか、と嬉しく思っていると、またしても孤児組の面々が顔を見合わせてひそひそと言葉を交わす。

「なあ、ジゼルのやつ、この依頼で苦戦するって最初からわかってはずだよな？」

「口実？　毎日練習に誘う口実がほしかったの？」

「まあ私たちもそれなりにお金と経験値が稼げたからいいけど……もう少し素直になれないもんかね」

「おいてめえら！　言いたいことがあるならはっきり言えや！」

な、なんかジゼルがキレた⁉

顔を真っ赤にして孤児組に摑みかかるジゼルを止めようとするも、中級職と化したジゼルはそうそう止まらない。僕が近づくとむしろ凶暴性が増してる気がするし……。

そうして孤児組の大騒ぎに置いてけぼりを食らった僕は、そこでふと、孤児組のみんなの状態に目が向いた。

大怪我こそなかったけれど、スライムに何度も体当たりを食らったみんなの身体に。

(危険度4に勝てたからってはしゃいでたけど……モンスターにも色々と種類がいるんだ。ジゼルたちとの連携練習はもちろん、リオーネさんたちにも対策を相談して、もっともっと強くならなきゃ……)

討伐大会で浮き彫りになった自分の未熟さに改めて決意を固めていた、そのときだ。

「……？」

視線を感じた。

反射的に振り返ると――そこにいたのは貴族の少女。

豪華な扇子で口元を隠したカトレアさんが、じ……っと僕らを見つめていたのだ。

かと思えば、彼女はすぐにふいと目をそらし、何人もの従者を引き連れてその場を立ち去ってしまう。

「気のせいかな……？」

それとも僕たちが大騒ぎしていたのが気になっただけとか?

真相はわからず、僕は小さく首をかしげるのだった。

3

「おうクロス、今日の討伐大会はどうだったんだ?」

お屋敷に戻ってすぐ。

テロメアさんの各種回復スキルで体調を万全にしてもらった僕が修行のために中庭へ向かうと、リオーネさんがそんなことを尋ねてきた。

「ええと、それなんですけど……」

もともと夕食時にでも相談しようと思っていた僕はリオーネさんから水を向けられ、今日の討伐大会についての詳細を語る。

「――という具合で、どうにも苦戦しちゃったんですよね。なにか良い手はないでしょうか」

そうして僕がふわふわスライムへの対処法を尋ねると、それまで「うんうん」と相づちを打って話を聞いてくれていたリオーネさんとテロメアさんが、ほぼ同時に口を開いた。

「なるほどな、そんじゃあれだ。しばらくは速度重視でスキルを鍛えてみるか。敵が数でくんならこっちは手数。俊敏強化系のスキルと連撃系の攻撃スキルを教えてやっから、それを土台に後衛を守る立ち回りを練習しようぜ」

「じゃあ広範囲に作用する嫌がらせスキルの習得を目指そっか♥　ふわふわスライムと討伐大会に参加してる冒険者、まとめてみんな弱らせれば手柄を独り占めしてた〜くさんお金が稼げるよぉ♥」

リオーネさんは荒々しく笑いながら、テロメアさんはなんだか少し悪い笑顔を浮かべながら対処法を提案してくれる。けど――

「あ?」

「は?」

互いの修行方針を聞いた二人の笑顔が一瞬で消し飛んだ!?

「おいテロメア。なにが手柄独り占めだ。クロスはてめえみたいな性悪とは違うんだよ。そんなクソみたいな修行方針でいいわけねえだろ」

「は〜〜? リオーネちゃんこそ、そんな脳みそ筋肉みたいな方針でいいと思ってるわけ〜?てゆーか、そろそろわたしもクロス君にしっかりスキルを教えてあげたいんだよねぇ。クロス君のステータスプレート、リオーネちゃんとリュドミラちゃん直伝のスキルばっかりで、最近は見るたびに気分悪いんだ〜」

バチバチバチバチ!

膨大な魔力と謎の〝圧〟がぶつかりあい、大気を揺らしはじめる。

（ど、どうしよう、僕が変なこと聞いちゃったせいなのかな……!?）

と、盛大に困惑していたときだ。

「ふむ、話は聞かせてもらった」

その修羅場めいた空気をものともしない涼やかな声が中庭に響いた。

リュドミラさんだ。

「ふわふわスライム――つまり群れた飛行モンスターの対処法だな？　そんなもの、広域殲滅に長けた魔法スキルの習熟しかないだろう」

言いつつ、リュドミラさんは「君もそう思うだろう？」と僕の肩に手を置く。

確かに、ふわふわスライムに高威力の魔法攻撃が有効というのはあの貴族パーティの活躍から見ても明らかだ。ただ、それには一つの懸念があった。

「確かに有効だとは思いますけど……次のふわふわスライム襲来予定日まで三週間もないですし、そんな短期間で魔法の威力や効果範囲を高められるものなんでしょうか？」

脳裏をよぎるのは、カトレアさんが放つ爆撃魔法の凄まじい威力。

師匠たちの指導によって僕はあり得ないほどの速度で成長できているけど、短期間であれに追いつけるかと言われれば少し不安だった。

「シンデレラグレイの効力と私の指導が合わさればあながち不可能とも言えないが……いや、なにもいきなりすべてを一掃するような威力の魔法を身につけろという話ではない。中級魔法スキルを獲得するだけで状況は大きく変わるだろう」

　リュドミラさんが僕の懸念を払拭するように蕩々(とうとう)と語る。

「中級魔法の威力なら、押し寄せるスライムの数を十分に削れる。撃ち漏らしは近接スキルで対応し、それと並行して次の中級魔法を詠唱する――君がこれを繰り返すだけでかなりの数を仕留めることができるし、なによりパーティ全体の負担を大きく減らせるはずだ。その証拠に、討伐大会でもこの手の戦略を採用したパーティが安定して成果を上げていたのではないか？」

「言われてみれば……」

　確かにカトレアさんのパーティがまさにその戦略で傷一つなく討伐数を伸ばしていた。

　派手な爆撃と強力な近接職に気を取られてわからなかったけど、連携の要は迎撃時の中級魔法だったのだ。

　納得する僕に、リュドミラさんがさらに続ける。

「クロス、君は近接職と魔法職のスキルが使える希有(けう)な存在だ。威力の高い魔法を習得すれば、このように採用できる作戦の幅も広がる。ふわふわスライムのように群れるモンスターだけでなく、様々な敵に対処できるようになるだろう。どうだ、これを機にそろそろ本物の魔法剣士を目指してみるというのは」

「……っ！　ほ、本物の……!?」

　魔法剣士というのは、《職業(クラス)》の一種ではなく、戦闘スタイルの呼び名だ。

魔法職の人が近接職の人に距離を詰められた際の対処法として、スキルではなく純粋な格闘技術としての剣術や杖術を修めたものをこう呼ぶ。

けれど僕の場合は近接スキルと魔法スキルを両方とも習得できるから、本物の《魔法剣士》を目指せる。リュドミラさんはそう言っているのだ。

そのロマン溢れる提案と、なによりパーティ全体の負担を大きく減らせるというリュドミラさんの言葉に、僕の気持ちはもうほとんど固まってしまっていた。

魔法スキルを伸ばしたいと。

「ちょっ、おいリュドミラてめえ！　急に割り込んできて、なにクロスを誑かしてやがる!?」

それまでテロメアさんと睨み合っていたリオーネさんがこちらに気づき、慌てたようにリュドミラさんへ詰め寄る。けれどリュドミラさんは涼しい顔で、

「リオーネ。貴様はクロスにカウンタースキルを授ける際、火力の重要性について語ったそうだな？　相手に攻撃が通らねば絶対に勝てない。だから攻撃力は重要だと」

「あ……？　なんだよ急に。それがどうした」

「先のロックリザード・ウォーリアー戦では、まさにその懸念が現実になってしまったわけだ。偶然にも《イージスショット》などという規格外のスキルが出現したからよかったものの、これは先日検証したように失敗する確率の高いギャンブルスキル。今後のクロスの身の安全を考えれば、安定して高い威力を発揮できる魔法スキルの習熟を急ぐのはこれ以上なく合理的な

選択だとは思わないか？　討伐大会の件を抜きにしてもな」

「なっ、この……ぐぬぬっ！」

「文句はないようだな？　では当分の間、修行は魔法スキルの習熟を中心に行っていくこととしよう」

「ちぇっ、またわたしの当番はお預けかぁ。まあどんな修行でもわたしはクロス君のそばにいれるし、今日のとこは我慢してあげようかなぁ」

リュドミラさんが一方的に口論を終結させ、テロメアさんが肩をすくめる。

さらにリュドミラさんは機嫌よさげに微笑むと、

「ではリオーネ、私はクロスの修行で忙しい。今日から食事の準備と秘薬の素材調達は貴様に任せるとしよう」

「良い笑顔しやがってこの性悪女……！　けどクソッ、しゃーねーな、今回はそれがクロスのためか……」

リオーネさんはリュドミラさんの言葉に納得したように口をつぐむ。

けれどその表情はあからさまに意気消沈してしまっていて、僕はなんだか申し訳ない気持ちになる。最初に相談に乗ってくれたのはリオーネさんだったから。

なので僕は思わず、

「あ、あのリオーネさん」

「ん……？」

「僕その、リオーネさんの修行が嫌ってわけじゃなくて、むしろ大好きなんですけど……けどいまは、ええと、龍神族(ドラゴニア)のリオーネさんが作ってくれる料理、楽しみにしてますね！」

上手く言葉にできたかはわからないけど、いまの気持ちを精一杯に伝える。

「……っ!?　だ、大好き……？」

するとリオーネさんはびっくりしたように髪を逆立たせ、

「お、おう……じゃあ楽しみにしとけよクロス、今日から毎日、肉ばっかの龍神族(ドラゴニア)料理を堪能させてやるからな！」

「おいやめろ、私はハイエルフだぞ。肉は少しでいい」

リユドミラさんが低い声を漏らすが、リオーネさんはどこ吹く風。

「ああもうなんだこれ……あんな顔であんなこと必死に言われたら、ふてくされてらんねーじゃねーか……っ！」

はりきるように頬(ほお)を紅潮させ、凄(すさ)まじい身体能力で屋敷を飛び出していくのだった。

なんだかちょっと様子がおかしい気がしたけど……リオーネさんは無事に調子を取り戻してくれたみたいで、僕はほっと胸をなで下ろした。

4

「さて、それでは早速魔法スキルを伸ばしていくとしようか」

リオーネさんが去った中庭で、リュドミラさんが怜悧に微笑みながらそう言った。

人族の中で最も魔法職に適性を持つと言われるエルフ。

その上位種であるハイエルフにして、《災害級魔導師》という伝説級の《職業》に至ったリュドミラさんは、学校の授業のように修行方針を語る。

「以前にも話したように、魔法スキルは一つの属性に注力したほうが伸ばしやすい。君はすでに風魔法を習得しているから、そこから習熟、発展させていこう」

「よろしくお願いします！」

僕は気合いを入れて返事をした。

風魔法の修行は服を脱がされたりして恥ずかしい印象が強かったから、少し気負ってしまっていたのだ。

と、これから行われる修行がどんなものになるのかと身構えていたところ、

「さて、修行の基本は地道な反復。これから君には私の指導の下、ひたすら《ウィンドシュート》を撃ち続けてもらうことになるが……せっかくならマトがあったほうが楽しいだろう」

「マト？」

顎に手を当てて言うリュドミラさんに僕は疑問符を浮かべる。

リュドミラさんは僕の質問に「うむ」と頷くだけで詳細には触れず、代わりに懐から短い杖

を取り出した。かと思えばその杖が一瞬でリュドミラさんの背丈よりも長い杖に変わり、それに驚いていた僕の身体がひょいと宙に浮く。

「え？」

リュドミラさんが魔法職とは思えない力で僕を抱き抱え、空中浮遊する杖に座らせたのだ。

「わっ⁉　これってもしかして、風属性の浮遊魔法⁉」

リュドミラさんに抱かれた状態なのも忘れて僕がその不思議な感覚に瞠目していると、

「あー！　ずるい～っ！　リュドミラちゃん！　リュドミラちゃんのスキル熟練度ならそんなにくっつかなくても風の動きを調整してクロス君を落とさないようにできるでしょぉ⁉」

テロメアさんがなぜか憤慨しつつ、風を纏って宙に浮く杖によじ登ってきた。

その瞬間、

「さあ。それではマトのいる場所へ移動するとしよう」

「え、移動ってもしかして――わ、わあああああああああああああっ⁉」

「ちょっ、リュドミラちゃん、わたしがまだちゃんと乗ってな――」

僕の悲鳴が置いてけぼりになり、テロメアさんが杖から振り落とされかける。

それほどの速度で、リュドミラさんの操る杖がバスクルビアの夕焼け空を駆け抜けた。

それは本当に凄まじい速度だった。

風魔法による高速飛翔自体は、《上級風魔導師》がお金持ちの人を相手に便利な交通手段として提供していることが多く、バスクルビアでも発着の様子をよく見かける。

けれどこんな目にもとまらぬ速度で空を駆ける人なんていままで見たことがない。

ましてや一緒に空を飛ぶ経験なんて初めてすぎる。

最初こそ恐怖でガチガチになっていたけど、僕はすぐにその絶景や流れていく景色の速さに魅了されてしまうのだった。

リュドミラさんの魔力操作が高レベルなおかげか、風が顔にぶつかったりもせず快適だ。

「凄い……この速さならどんな場所でもあっという間ですね……って、そういえば僕たちっていま、どこに向かってるんですか？　マトのある場所って言ってましたけど」

そこで僕は行き先を知らされていなかったことを思い出し、改めて尋ねてみる。

するとリュドミラさんは僕の肩を抱いたまま、何の気なしに行き先を口にした。

「ああ、《深淵樹海》だ」

「……っ⁉　え⁉」

まさか、と驚愕（きょうがく）していると、

「そら、ちょうど見えてきた」

言われて進路方向に目を向けると――そこに広がっていたのは果てしのない森だった。

その広さは本当に途方もない。

遙か上空から見渡してもその全容を窺い知ることはできず、地平線の彼方にまで森が続いている。冗談みたいな面積だ。

それはかつて、人族を滅ぼさんとした最強の魔王――魔神が根城にしていたとされるモンスターの巣窟。

世界屈指の魔力溜まり《深淵樹海》だった。

バスクルビアの北に広がるこの危険地帯は以前僕が足を踏み入れた西の森とは比べものにならないほどモンスターの数が多い。それゆえに僕みたいな駆け出し冒険者は近づくことさえ許されておらず、実際に目にするのは今日が初めてだった。

「これが昔、魔神の暮らしていた森……」

と、僕はその危険地帯の威容と渦巻く魔力に圧倒されていたのだが、

「ふむ……この時間はやはりまだ冒険者が多いようだな。もう少し東に移動するか」

リュドミラさんは涼しい顔でその上空を飛行。

体外魔力感知系のスキルでも使っているのか森林内に人の気配を見いだすと、なんの躊躇もなく樹海の奥へと進路を取った。

「よし、このあたりなら騒ぎにもなるまい」

そうしてしばらく行ったところで高度を下げると、リュドミラさんは眼下に手をかざし、

「上級火炎魔法《バーンアウト》」

「うわっ⁉」

凄まじい炎熱が吹き荒れる。

かと思えば眼下のうっそうとした森があっという間に炭化し、モンスターのものらしき断末魔が一瞬だけ聞こえてきた。

む、無詠唱でこの威力……⁉

「上級水魔法《ハイ・ウォータージェネレート》」

続けてリュドミラさんの手から生み出されたのは川が氾濫したかと見紛うような大量の水。

残り火が鎮火するとともに炭化した木々やモンスターの死骸が即座に押し流される。

そうしてわずか数秒のうちに作成されたのは、バスクルビア一番の闘技場よりも大きいだろう円形の広場だ。

僕はその災害めいた魔法の威力に圧倒されつつ、それとはまた別の理由で開いた口が塞がらなくなる。

「あの……リュドミラさん……? 前から思ってたんですけど、リュドミラさんって一体……いくつの魔法属性が使えるんですか……⁉」

ここまで僕を運んだ風魔法に、いま使った火と水。

それにリュドミラさんは以前、リオーネさんに上級土石魔法をぶちかましていたし、ポイズンスライムヒュドラ事件では発展属性でもある氷結魔法を使っていた。

つまりリュドミラさんは最低でも五属性が発現した状態で頂天職にまで上り詰めたってことだけど……それって人族に可能なことなんだろうか……？

と、僕がその人外っぷりに戦(おのの)いていると、

「ふふ、私が何属性使えるか。それは君と修行を進めていく過程で少しずつ教えてあげよう。最初からお互いのことをすべて開示してしまってはつまらないだろう？」

リュドミラさんは目を細めるようにして微笑(ほほえ)み、その薄い唇に真っ白な人差し指を当てる。

「……っ」

至近距離で見せられたその綺麗(きれい)な所作に僕が見惚(みと)れて顔を赤くしていたところ、

「わたしもいるんだけどなぁ」

「っ！」

眼下。

謎(なぞ)の握力で杖(つえ)にぶら下がり続けていたテロメアさんに足を引っ張られ、僕は肩を跳ね上げた。

「あ、ええと、それで、どうして僕をこんな場所に？　森のど真ん中に広場まで作って……」

見惚れていたことを誤魔化(ごまか)すように周囲を見回しながら尋ねる。

「言っただろう。魔法の練習をするにしても、マトがあったほうが楽しいと」

微笑むと、リュドミラさんは懐からなにやら袋を取り出し、中身を広場へとバラ撒(ま)いた。

途端、周囲の木々をかき分けて広場に集まってきたのは、夥(おびただ)しいほどのモンスター。

ブラックグリズリー、マダラスネーク、エクストラ角ウサギ……《深淵樹海》の浅い領域に生息するとされるモンスターの群れだ。

「え、ちょっ、なんですかこれ⁉」

いくら《深淵樹海》でもあり得ないだろう現象に僕が声をあげると、リュドミラさんが先ほどの袋を自慢するように掲げ、

「これは低危険度モンスターをおびき寄せる特殊アイテムだ。一気にレベルをあげたいときに用いられるものだが、見ての通り使い方によってはかなり危険な代物でな。生成方法は極秘。所持しているだけでギルドから指名手配される希少な劇物だ」

「え……？」

じゃあなんでリュドミラさんは普通に使ってるんだろう……？ と僕は絶句するのだけど、リュドミラさんは気にした様子もない。

「さて、マトは用意できたな。あとは……」

「ひえっ⁉」

突如、僕の周囲で風が逆巻いた。

かと思えば僕は空中に投げ出された状態で風に揉まれ、下着一枚にされていた。

ええ⁉ ま、また⁉

敏感な素肌を風がくすぐる感触に悶えていると、その後ろから温かい感触が僕を包み込む。

リュドミラさんが半裸の僕を抱きしめ、両手を絡ませていたのだ。

「っ⁉　あううっ⁉」

甘くて柔らかい感触に言葉を失っていると、流し込まれるのは熱い魔力の感覚。

「全身で風を浴びながら私直々に魔法を放つ際の感覚を身体に教え込み、モンスターどもへ空中から一方的に魔法を撃ち続ける……ふふふ、これほど効率の良い魔法の修行方法もなかなかあるまい」

身悶えする僕の耳に口づけするような距離で、リュドミラさんが囁く。

「さあクロス、集まってきたモンスターどもに魔法を放とう。まずは威力を重視して、より多くの魔力を練り込むよう意識して撃ってみようか。せっかく動くマトが無数にあるのだ、素早い敵の弱点を狙って打ち抜く練習も兼ねると思ってやってみるといい」

言ってリュドミラさんは僕を抱きしめる手に力を込め、魔力を流し込みながら僕の耳元を唇でなぞる。僕は全身をぞわぞわと震わせて魔法を放ちながら、顔を真っ赤にして悲鳴じみた声をあげた。

「あ、あの、リュドミラさん⁉　これも前から思ってたんですけど……ハイエルフってエルフの王侯貴族みたいなものなんですよね⁉　それなのに、修行のためとはいえヒューマンの僕にこんなことして大丈夫なんですか……⁉」

夜のマッサージもそうだけど、いまの状態もなんというかこう、よろしくない気がする。

ヒューマンの貴族が平民にくっつくのだってマズイのに、プライドが高くて排他的らしいエルフの上位種が僕なんかにこんなことをして外交問題（？）とかになったりしないのかといまさらながら不安になる。

けれどリュドミラさんは離れるどころかさらに強く僕を抱き寄せ、

「問題ない」

「え？」

「私は《恵みの大森林》を出奔(しゅっぽん)した身だ。それにそもそも、私がこんな修行をつけるのは愛弟子(まなでし)である君にだけなのだからな」

そ、そういう問題なんだろうか……。

僕は首をひねるも、流し込まれる熱い感触に意識が引っ張られてそれ以上は思考が進まない。

加えて僕が詠唱を行い魔法を撃ち込むたびにリュドミラさんは僕の耳元に口を寄せ、

「いいぞ、その調子だ」

「大丈夫、練習はいくらでもできるのだから、気にせず撃ち続けるといい。むしろ失敗してくれたほうが改善点を指摘しやすいからありがたいくらいだ」

「おお、いまモンスターの頭に直撃したな。凄いじゃないか」

「やはり君は筋がいい」

「さすがは私の弟子だ」

頭が溶けそうになる甘い声音に、耳をぞくぞくと震わせる吐息。

難しいことなど一切考えられなくなるその修行に、僕は「あうあう」と顔を真っ赤にしながら魔法を撃ち続けるほかないのだった。

「ちょっとリュドミラちゃん〜!?　わたしを空中で放置した状態でクロス君とイチャイチャするなんて、趣味が悪すぎるんじゃないかなぁ?」

杖にぶら下がった状態で抗議の声をあげるテロメアさんに時折《魔力譲渡》を受けながら、その恥ずかしい修行は日が暮れるまで延々と続いた。

——と、最初に懸念していたとおり、リュドミラさんとの修行は案の定、かなり恥ずかしいことになってしまったわけだけど……効果は覿面。

ふわふわスライムとの戦いで伸びていたぶんも合わさり、僕は今日一日でまたしっかりとスキル熟練度を上げることができたのだった。

《力補正Lv8（＋64）》　→　《力補正Lv9（＋70）》
《防御補正Lv8（＋66）》　→　《防御補正Lv9（＋77）》
《俊敏補正Lv8（＋67）》　→　《俊敏補正Lv9（＋76）》
《攻撃魔力補正Lv5（＋40）》　→　《攻撃魔力補正Lv7（＋56）》
《身体能力強化【小】Lv6》　→　《身体能力強化【小】Lv8》
《ウィンドシュートLv5》　→　《ウィンドシュートLv8》
《体外魔力操作Lv3》　→　《体外魔力操作Lv4》
《体外魔力感知Lv3》　→　《体外魔力感知Lv4》

明日からの修行もずっとこの調子だと思うと、いまから顔が熱くなっちゃうけど……強くなるためには仕方ないのかなと、僕は自分を納得させた。

5

その日の夜。

宣言通り肉だらけの夕食を用意してくれたリオーネさんとリュドミラさんの激突がありつつ、いつまで経っても慣れない夜のマッサージと秘薬摂取を完了。

いつものようにリオーネさんの見張りのもと、魔力の最大値を効率良く増やすべくテロメアさんが就寝前に《魔力吸収（マジックドレイン）》を施してくれていたときのことだった。

（……あれ？　いつもは干からびるんじゃないかってほど搾り取られるのに、今日は全然……）

「し～っ。クロス君、いまは寝たふりして、今日はちょっと起きててくれるかなぁ？」

違和感に気づいて身体（からだ）を起こそうとした僕の唇をテロメアさんが人差し指で塞（ふさ）ぎ、ひそひそとそんなことを言う。

その柔らかい感覚にドキドキしているうちにテロメアさんはリオーネさんに連行されていってしまい、僕はベッドの上に取り残された。

どうしたんだろうテロメアさん。

いままでこんなことはなかったんだけど。

不思議に思いながら星明かりだけの自室でしばらく待っていると、窓にコツンとなにかが当たった。

見れば外にはテロメアさんがいて、手招きと口の動きで「降りてきてぇ」と呼びかけていた。

本当にどうしたんだろうと首をひねりつつ、僕は静かに窓から身を乗り出す。

ステータス補正スキルのおかげで、高いところから飛び降りてもへっちゃらなのだ。

そうして促されるまま外に飛び降りたのだけど——僕を受け止めてくれたのは地面の固い感触なんかじゃなくて、両手を広げたテロメアさんの柔らかい身体だった。

「わっ!?　テロメアさ——むぐぐっ!?」

「し～、音を立てないように受け止めてあげたんだから、声は出しちゃダメだよぉ」

ぎゅーっと抱きしめられ、柔らかい胸元に顔を埋めるようなかたちで口を塞がれる。

こ、この感触はさすがに不味すぎるんじゃあ!?　とどうにか顔を逸らしつつ、僕は小声でテロメアさんに尋ねた。

「あ、あの、これは一体どういう……」

「えへへぇ。クロス君、毎日似たような修行の繰り返しで、新鮮味がないでしょぉ?」

テロメアさんは声を潜め、僕を外に連れ出した理由を語る。

「リオーネちゃんやリュドミラちゃんばっかりクロス君と修行で仲良くしててズルいし……今日はちょっとだけ、わたしと夜更かししよっか?」

言って、テロメアさんは胸元から僕を解放。

満面の笑みを浮かべて僕の手を引くと、お屋敷の外——夜のバスクルビアへと僕を誘う。

それはなんだか、友達からちょっとした火遊びに誘われたときのような、ドキドキする背徳感に満ちていて。

最上位吸血族のテロメアさんが言う夜遊びとはなんなのかと気になって、僕はつい流されるままについていってしまったのだけど——それは本当に、本当によろしくないお誘いなのだった。


テロメアさんに連れてこられたのは、入り組んだ場所にある変わった酒場だった。

看板は掲げられていないし、どんちゃん騒ぎをする冒険者の声も聞こえない。

ここが酒場だと言われなければ絶対に気づかないような佇まいで、意図的に照明を少なくしているのだろう店内はやたらと薄暗かった。

知る人ぞ知る隠れた名店的な場所なのかな、とその物珍しさに僕は最初こそワクワクと店内を見回していたのだけど……そんなふうに楽しめたのは入店からわずか数瞬。

（な、なんだこのお店……!?）

席に着くまでの短い間に、僕はすっかり平静を失ってしまっていた。

それというのも……テロメアさんに連れてこられたこの酒場は、店内の雰囲気が随分といかがわしかったのだ。

まず女性店員さんの着ている制服がおかしい。

やたらと扇情的で、肌の露出が多すぎる。

ちょっと間違えたら見えちゃいけないところが見えてしまいそうなほどで、僕はさっきから慌てて目をそらしてばかりだった。

酒場というのは集客のために可愛らしい制服を支給していることが多いのだけど、ここは明らかに過剰……というか異常だ。

しかもなぜか女性のお客さんまで扇情的な人が多いものだから、いよいよ目のやり場に困ってうつむく以外の選択肢が消滅。

どこからか漂ってくる甘ったるい匂いもあわさり、頭がくらくらしそうになった。落ち着かないことこの上ない。

そんなお店の空気に飲まれて僕が縮こまる一方、テロメアさんは平然としていて、

「お〜いマスタ〜、とりあえず適当なお酒と、お肉系のおつまみをお願いね〜。あ、クロス君はどうする〜？　せっかくだし、クロス君もお酒頼んじゃおっか〜？」

「い、いえ！　僕は大丈夫です！」

ここでお酒を飲むのはマズイ気がする。

自分でもよくわからない直感に従って咄嗟にお酒を断り、それから僕は恐る恐るテロメアさんに尋ねる。

「というか注文以前に……このお店って僕みたいな《職業》を授かったばかりの子供が来ちゃダメな場所なんじゃあ……？」

「ん〜？」

するとテロメアさんはすぐに出てきたワインに口をつけながら、

「そうだよぉ？　ここはとーってもよくない場所なんだぁ」

「え」

思った以上に強く肯定されて面食らう。

いかがわしいお店なのは間違いないみたいだけど、Ｓ級冒険者が「とってもよくない」というほどでもないような……。

と、そんな僕を見たテロメアさんも少し不思議そうに首をかしげ、

「……あ～。この反応、クロス君もしかして、ここがどういう場所かまだ完全には理解できてないのかぁ」

口の中でワインを転がしながら呟くと、僕の反応を楽しむように目を細める。

「ねえクロス君、気づいてる？　さっきから店内の人たちが男女でお店の奥に消えてるって」

「……？」

言われてみれば、確かにいまも店員のお姉さんと男性客が連れだって奥の部屋に歩いていくのが見えた。

それにつられて奥のほうへ意識を向けてみると、なんだか変な音も聞こえてくる。

ギシギシとベッドの軋むような音とか。女の人のくぐもった声とか。

なんだろう。

と、僕はしばし首をひねっていたのだけど……その答えはすぐに判明した。

お酒の影響なのか、頰を赤くしたテロメアさんがいつの間にか僕の耳に顔を寄せていて、

「ここねぇ……実は君が想像してるより、ず〜っとエッチなお店なんだよぉ？」

「……えっ!?」

「気に入った店員にお金を払えば、奥の部屋で朝まで楽しめるんだってぇ。ほかにもお客さん同士で気が合ったときにも、奥の部屋を好きに使わせてもらえるらしいんだぁ」

「な……あ……っ!?」

テロメアさんの言葉の意味に気づいて絶句する。

そして次の瞬間、僕は倒れそうなほどに顔を真っ赤にして席を立っていた。

「そ、それって……!?　本当に子供が来ちゃダメな場所じゃないですか!?　ぼ、僕帰ります！　夜更かしはよくないってリュドミラさんたちにも言われてますし！」

声を裏返して全力疾走。

一直線にお店の出口を目指すのだけど——僕はその場から一歩も進めていなかった。

「えへへぇ、やっぱりクロス君は可愛いなぁ」

テロメアさんが僧侶職とは思えない速さと力で僕の腕を掴んでいたのだ。

《緊急回避》と《身体能力強化》を重ねがけしてたはずなのに!?

「大丈夫だよぉ、クロス君。全部冗談だから〜。反応が可愛くてつい意地悪しちゃったけど、ここはただの自由恋愛マッサージ店なんだぁ」

そう言ってテロメアさんは軽々と僕を再着席させてしまう。

じょ、冗談って言いますけど、なんか暗がりで絡み合いはじめた人とかいますよ……!?

「も、もし本当に冗談でも、僕みたいな子供が出入りしちゃいけないお店なのは間違いないですよね……!? あ、あのやっぱり僕、すぐに帰ったほうが……リュドミラさんたちに嘘ついてるみたいで心苦しいですし……!」

そう言って僕が再び席を立とうしたところ、

「ねぇクロス君。真面目な話をしちゃうとさぁ。「いけないこと」っていうのは少しくらいやり慣れておいたほうがいいんだよぉ?」

ワイングラスを傾けながら、不意にテロメアさんが語りはじめる。

「戦いで有利なのは、いつでも手段を選ばない人、つまり「いけないこと」を躊躇なくできる人なんだよねぇ。戦いの勝敗をわけるのは良い悪い関係なくいかに最適な行動をとれるかだから～。いざというときに迷いなく「悪いこと」ができるようにするっていうのも大事な修行なんだぁ」

言って、テロメアさんは逃がさないとばかりに僕の手に指を絡める。

「だから、こういうお店に出入りするくらいのところから少しずつ悪いことに慣れておくのが、クロス君のためなんだよぉ?」

え……えぇ……?

そ、そうなのかなぁ。

テロメアさんの柔らかい手の感触にドキドキしながら、僕は混乱するようにその場から動けなくなってしまう。

確かにテロメアさんの言うことには説得力があるし、誰にも迷惑をかけない範囲でなら、ちょっとした非行に慣れておいたほうがいいのかもしれない。

……とは思うけど、やっぱりこのお店はちょっとどうなんだろう……。

「……悪いことに慣れないとって言われて素直に悪いことしたほうがいいのかもってなっちゃうのも真っ直ぐで可愛いなぁ。これだからクロス君の育成はやめられないよねぇ」

と、テロメアさんが葛藤する僕を見てニマァと満面の笑みを浮かべているような気がした。

そのときだ。

「おいあんた、悪事に慣れされるって言ってもほかにやり方があるだろ」

僕たちの会話に割って入ってくる人がいた。

それまでカウンターの向こうで背景のように気配を殺していた女性のマスターさんだ。

「確かにあんたの言うことにも一理あるけどさ。だからってうちにこんな純情少年をつれてくんじゃないよ。さすがにギルドから摘発食らうだろ」

いま摘発って言った？

テロメアさんに苦言を呈した女性マスターさんの言葉に僕は若干正気を取り戻す。

（や、やっぱりここ、僕が来るにはよくなさすぎるお店だよね……。僕一人じゃテロメアさんを説得できそうにないけど、お店の人も味方して退店を促してくれるなら……！）

と、助け船を出してくれた女性マスターさんに僕は期待のまなざしを向けるのだけど、

「あれ〜？　マスターはわたしに文句があるのぉ？」

「ありませんすみません」

「っ!?」

マスターさん!?

折れるの早すぎませんか!?

「すまんな少年。うちは完全会員制のグレー店なんだが……つい先日ふらっと現れたそこの化け物に用心棒からなにから全員が上下関係を叩き込まれて逆らえないんだ……」

なにしてるんですかテロメアさん……!?

そういえばお店に来たとき、入り口にいた凄く強そうな剣士の人がテロメアさんに直角のお辞儀をしてたからそういうおもてなしかと思ってたけど……どうも違ったみたいだ。

そうしてお店側にも味方がいないと判明し、僕は脱出する機会を喪失。

結局僕は閉店時間が来るまでの間、お店の雰囲気に緊張し続けながらテロメアさんと二人で「よろしくない」時間を過ごすのだった。

＊

「えへへぇ、初めての夜遊びはどうだったぁ、クロス君？」

「え、と……ちょっと僕には刺激が強すぎました……」

夜道を歩きながらニコニコと上機嫌に尋ねてくるテロメアさんに、僕はかろうじてそう答えるのが精一杯だった。

別になにかあったわけじゃないんだけど、あの大人のお店は席に座っているだけで精神力を消耗するというか……。うぅ、今日はドキドキしすぎて《魔力吸収(マジックドレイン)》で吸い尽くされたあとも眠れそうにないや。

と、火照(ほて)った頭を冷やすように空を仰いだところ、そこには満天の星空が広がっていた。

「わぁ……」

大人のお店が閉まるような時間帯。

街はすっかり寝静まっていて、静かな空気と星空の綺麗(きれい)さが僕の心に飛び込んでくる。

誰もいないメインストリートの真ん中を誰にも邪魔されず歩く心地よさを初めて知った。

ついさっきまでよろしくないお店で緊張しっぱなしだった反動もあわせってか、非日常的な開放感に、僕はなんだか高揚してしまう。

するとそんな僕の様子に気づいたテロメアさんが、

「ね～？　たまには悪いことしてみるのも、悪くないでしょぉ？」

「……そうですね」

いたずらっ子のように笑うテロメアさんに僕は思わず苦笑。

「あのお店はさすがにちょっとアレでしたけど……テロメアさんとこうして夜の街を歩くのは、すっごく気持ち良いです」

少し照れながら、今度は苦笑ではなく本心から笑みを浮かべた。

「……ああもう、可愛いなぁ」

と、テロメアさんが身体を震わせるように声を漏らした。

かと思うと――ふわっ。

「えっ!?」

背後からテロメアさんに抱きしめられた。

さらにテロメアさんの手が僕の太ももあたりに伸びて――さわさわ。

「ええっ!?」

初めての感触に身体が跳ねる。

変な声が出て、僕は思わず自分の口を押さえていた。

盛大に戸惑うも、テロメアさんは僕を逃がさない。

それどころか、

「あれ……なんか変だなぁ。ここまでするつもりなんてなかったのに……状態異常回復スキルでお酒も抜けてるのに倒れそうなくらいドキドキするし……お店の空気に当てられちゃってたかなぁ。あ、あれ……？　まだ育成途中なのに……なんか我慢できないかも……初めてのチュー、ほっぺにしてあげるくらいなら……」

なんだか息の荒くなったテロメアさんの顔がぐっと近づいてきて、いよいよ僕が「え？　え？」と目を回しそうになっていた、そのときだった。

「「見つけたぁ！」」

「っ⁉　しまっ、クロス君に夢中で周辺探知が疎かに——ぶみゅっ⁉」

突如、テロメアさんが僕から引き剝がされて悲鳴をあげる。

見れば、一体どこから現れたのか。

僕とテロメアさんの間には青筋を浮かべたリオーネさんとリュドミラさんが立っていて、

「油断も隙もあったもんじゃねえ！　……っておいテロメアてめえ、酒だけじゃなくてまさかこれ、娼館かなんかの匂いじゃねえのか⁉　クロスとどこでなにしてやがった⁉」

「ん〜、ちょっと「いけないこと」かなぁ」

「はあ⁉」

顔を真っ赤にしたリオーネさんがテロメアさんの胸ぐらを掴んでガクガクと揺する。

「なにがあったかはあとで詳しく聞くとして」

続けてリュドミラさんが僕の肩に手を置いてにっこり微笑み、

「可愛そうに。テロメアに騙されて連れ出されたのだろう？　まあそうでなくとも、たまには師の言いつけを破って羽目を外すのも悪いことではないが……次からは前もって私に行き先を報告するように」

「は、はい……っ」

どうやらリュドミラさんとリオーネさんには随分と心配をかけてしまっていたらしい。

問答無用の笑顔とともに告げるリュドミラさんに、僕は頷くほかないのだった。

けれど――

「あちゃ～、怒られちゃったねぇ、クロス君」

テロメアさんが拳骨を食らいながらそんなふうに笑いかけてきてくれるからだろうか。

こうして一緒に叱られるところまで含めて「悪いことに慣れる」修行の一環みたいで……不思議と悪い気分ではなかった。

6

そんなことがありつつ、討伐大会攻略のための魔法強化をはじめてから二日ほどが経ったときのことだった。

その日、僕はいつものように朝から冒険者学校へと向かい講義を受けていたのだけど——。

「じゃあ、私はここに載ってるケーキを全部にしようかしら。クロスはどうする？」

「あ、え、ええと……じゃあこのケーキセット？　ってやつで」

お昼前の講義が行われるはずの時間帯。

僕はエリシアさんと一緒にカフェと呼ばれるおしゃれな飲食店でテーブルを挟んでいた。

どうしてこんなことになっているのかというと、お昼前の講義が突如として一斉休講になったのがその理由だ。

なんでも《深淵樹海》の奥地でバスクルビア数個分に匹敵する面積が更地になっていたとかで、なにかとんでもないモンスターが生まれ落ちたのではと緊急調査隊が発足。先生たちはそっちに駆り出されてしまったとのことだった。

その話を聞いた僕は、つい昨日サリエラ学長っぽい人が『お前ら自分たちの存在を口止めしておいてどういうつもりだ！　誤魔化(ごまか)すほうの身にもなれ！』とお屋敷に怒鳴り込んできたのを思い出して「まさか……」と冷や汗を流したりしたのだけど……まあそれはさておき。

そんなこんなでいきなり時間が空いてしまっていたところに、同じく休講で時間が空いてしまったというエリシアさんが突如出現。

『時間ができたら私の経験談を話すって約束だったから……来ちゃった』

『お昼からは予定があるから長くは話せないけど……この前のカフェならここから近いし、どうかしら？』

と、提案してくれたのだ。

こんな細かい時間を縫って律儀に約束を果たしに来てくれるなんて、と僕は感激。

今日は僕もお昼からジゼルたちとの討伐大会に向けた練習が始まるので、近場のカフェなら時間を埋めるのにちょうどいい。なにより食べ歩きと違ってそんなにお金もかからないから

と、僕はその提案に一も二もなく頷くのだった。

そうして僕はまたエリシアさんと二人で出かけることになったのだけど……少し慣れてきたとはいえ、やっぱり緊張するなぁ。

僕は認識阻害の外套をかぶったままもくもくとケーキを頬張るエリシアさんに目を向ける。

冒険者の聖地とも呼ばれるこのバスクルビアで（リオーネさんたちを除き）一、二を争う実力と人気を誇るこの人とテーブルを挟んでいるなんて全然実感がない。

と、僕がケーキにも手をつけずにぼんやりしていると、

「それじゃあ、どこから話そうか」

早くも三つ目のケーキを食べ終えたエリシアさんがそう切り出した。

「いままでたくさん戦ってきたから……どこから話せばいいのかわからなくて」

「あっ、そうですよねっ。ええと、じゃあ、そうですね……」

話を振られた僕は慌てて頭を回転させる。

こっちから話を聞きたいと言っておいて、全部エリシアさん任せなんてあり得ない。

飲み物に口をつけまくって間を持たせながら必死に頭を巡らせていた僕は、そこでふと思いつく。

「じゃあの、エリシアさんがいままで苦戦したモンスターってなにかいますか？」

それは、いままさにふわふわスライムの群れに苦戦して対策を練っている自分の近況を鑑みての質問だった。

若干16歳で最上級職に上り詰めたエリシアさんにも苦手を克服するために頑張った時期があったのだろうかと気になったのだ。けど、

「苦戦したモンスター……」

エリシアさんは記憶を探るように頬に手を当て、信じがたいことを口にした。

「この前のヒュドラ戦みたいな例外はあるけど……基本的に苦戦はしないかな」

「え」

「私、格上だろうとなんだろうと、スキルでほとんどの敵に致命傷を与えられるから」

「えっ」

格上にも致命傷ってどういう……さすがにないとは思うけど、それってまさか勇者の固有（ユニーク）スキルかなにかのこと……？

と僕がエリシアさんの回答に驚いていたところ、

「あ」

エリシアさんが口に手を当てる。

それはまるで「これ簡単に口外しちゃダメなやつだった」とでもいうようで。

エリシアさんはしばし目を泳がせながら沈黙を貫いたあと、

「……もしかして、クロスは聞き上手というやつなのかしら……？」

「い、いや僕はただ普通に質問しただけですけど……」

不思議そうに首をかしげるエリシアさんに僕も困惑。

なんだか微妙な空気が流れはじめ、僕はその空気をどうにかしようと慌てて口を開く。

「そ、それにしても、やっぱりエリシアさんは凄いですね！　いままで苦戦したことがないなんて！」

「……そんなことないわ。厳密には苦戦自体がないわけじゃないもの」

するとそれまで「なんで話しちゃったのかしら」と首をひねっていたエリシアさんは、不思議なくらい語気を強め、

「訓練のために一部のスキルを使わないようにして戦ったり、逃げ隠れする相手に翻弄されたり、ほかにはたとえば……あれは確か《手招きの渓谷》でのことだったかな……」

なにか記憶を呼び起こす良いきっかけを摑んだのだろうか。

エリシアさんはケーキを食べながら、ぽつぽつと自分が乗り越えてきた戦いについて話しはじめる。

それは、世界中の様々な場所で行われてきた戦いの記録。

吟遊詩人(バード)の謳(うた)う大雑把な冒険譚とは違う、当事者の口から語られる詳細な物語だった。

「え、凄い！　それでそのあとどうしたんですか!?」

「よかった……エリシアさんのおかげで救われた人がたくさんいますよ！」

「本当にそんなモンスターの大群をポーション一本分のダメージで!?　それは苦戦って言いませんよ!?」

「一週間休みなしの連戦!?　そんなに頑張ってたなら強くなるはずですよ！」

憧(あこが)れの人。それも僕自身と年の近いエリシアさんの口から語られるからだろうか。

リオーネさんたちの話してくれる規格外の経験談ともまた違う別世界の話に、僕は先ほどの微妙な空気が嘘(うそ)だったかのように夢中で聞き入ってしまっていた。

エリシアさんの話にいちいち驚嘆し、自分でもちょっとどうかと思うくらい目を輝かせて子供のように相づちを打ちまくってしまう。

「え、と……そんなに凄いかな……？　そこまで褒められるようなことは、してないと思うのだけれど……」

エリシアさんはそんな僕の反応に目を丸くし、困惑した様子を見せる。

けど僕がそのたびに「え？　なんでですか？　凄くカッコイイじゃないですか！」と心底不思議に思いながら繰り返していると、

「……クロスって、変な子ね。私なんかの戦闘報告に、そんな反応をするなんて」

そう言って少しずつ、笑顔を見せてくれるようになっていた。

そんなエリシアさんの表情に思わず見惚れていたところ、

「君だって、レベル0なのにポイズンスライムヒュドラに立ち向かって、私を助けてくれた凄い子なのに。本当に変」

「うえっ⁉」

いきなりそんなことを言われて僕は慌ててしまう。

「あ、いや、それはその、他の人が色々と助けてくれたおかげで……エリシアさんにそう言ってもらえるほどのことは……」

「……え？　どうして？　あそこで動けるなんて、凄く格好良かったわよ？」

「かっ……!?」

一瞬で顔が真っ赤になる。

それからしばらく僕は大混乱に陥っていたのだけど……そこでふと、僕はエリシアさんが浮かべている表情に気づく。

ほんの微かに、してやったりみたいな顔をしているエリシアさんの表情に。

どうやらエリシアさんは不用意に僕が連呼していた「凄い凄い」という賞賛にちょっとした意趣返しを仕掛けてきていたらしい。

「……エリシアさんって、もしかしてちょっと意地悪ですか？」

「……そんなことない。クロスが私の話に、恥ずかしくなるような反応をするのが悪い。それに、君が凄いと思うのは、本当」

それからはまだどこか緊張していた僕の肩の力も抜け、エリシアさんの語り口もどんどん滑らかになっていったように思う。

――と、そうしてお喋りしているうちに楽しい時間はあっという間に過ぎてしまって……というか過ぎすぎていて、教会の鐘の音を聞いた僕たちは慌てて席を立つ羽目になるのだった。

そんなふうにお店を出たあと。

学校の近くまで一緒に歩き、人目を避けるようにして別々の方向へ行こうという別れ際。

「なんだか……今日はとても楽しかったわ。私の戦闘報告をあんなふうに聞いてくれたのは、君が初めて」

エリシアさんが足を止め、微笑(ほほえ)みながらぽつりと漏らす。

「まだまだ話してないことがたくさんあるから、また時間ができたら君に知らせるわね」

「はい！　是非！」

いつもなら畏(おそ)れ多くて「もう十分すぎます！」なんて言ってしまいそうな場面。

けれどあのワクワクする話がもっとたくさん聞けるという喜びが勝り、僕はつい勢いよく返事をしてしまっていた。

次はどんな話が聞けるんだろうと、いまから楽しみだ。

「それにしても……」

そこで僕はふと、今日聞いた話を振り返るように一つの感想を口にする。

「エリシアさんの戦いって……意外に対人戦が多いんですね？」

エリシアさんが話してくれた戦いの記録は、基本的にモンスターとのもの。

けどリオーネさんたちがそうであるように、エリシアさんが戦ってきた相手は夜盗や犯罪組織、魔神崇拝者なんかもかなり多くて……。

冒険者といえばモンスターから人々を守る仕事だという印象の強い僕にとって、それは少し意外なことだった。

するとエリシアさんは僕のそんな感想に「そうね」と目を細め、

「冒険者の仕事は基本的にモンスター退治だけれど……冒険者をやっていくうえで厄介なのは、モンスターよりむしろ人族だって感じることのほうが、私は多いかな」

どこか瞳に暗い光を宿しながら、確信を持ってエリシアさんが断言する。

それは四年前に村を襲われ、つい数日前に危険度4と遭遇した僕にとって、いまいちピンとこない話だったけれど——。

僕はすぐに思い知ることになる。

まるで忠告みたいなエリシアさんのその言葉が、なにひとつ間違っていなかったということに。

7

「おいクロス。お前、休講が決まったあとどこ行ってやがったんだ」

エリシアさんと別れたあと。

駆け足で孤児組が占有している談話室へ向かうと、なぜか不機嫌な様子のジゼルに肩を小突かれた。

集合時間に遅れてしまったのかと思ったけど、僕よりあとに入ってきた孤児組はなにも言われてないし……どうしたんだろう？

「チッ、せっかくだから美味くて安い酒場でも紹介してやろうと思ってたのに、誘う前に消えやがって……まあいいけどよ。おら、ぼさっとしてねえでさっさと練習はじめっぞ」

ジゼルはなにかブチブチと呟いていたけどそれ以上言及してくることはなく、討伐大会に参加する面々を引き連れて練習場へと向かう。

そこは広大な敷地を有する冒険者学校の中にあって、中程度の広さを持つ練習場だった。

ギルドの経営する孤児院のすぐ近くにあって、代々孤児組の縄張りみたいになっている穴場練習場の一つだ。

それなりの広さがあるから中級程度の魔法なら撃ち放題であり、もちろん集団戦の練習にもうってつけ。

練習場では討伐大会に参加するメンバーだけでなく、ほかの孤児組も自主練に励んでいた。

「んじゃはじめるか」

ジゼルの仕切りで始まった練習はふわふわスライム戦を想定した非常にわかりやすいものだった。

討伐大会に参加していない孤児組の面々に布で巻いた大量の石を投げてもらい、前衛職はそれをひたすら打ち落とすことで防御陣形の完成度向上を目指す。魔法職もただ守られるだけでなく、詠唱しながら石を避ける動作を繰り返し、前衛職の負担軽減を目標に立ち回る。

そうしてそれぞれがひとつの役割に徹して訓練をこなす一方。

「うっ、くっ⁉」

近接も魔法もこなせる僕は石を打ち落としながら詠唱を口ずさみ、慣れない連携もこなしてと大忙しだった。失敗もしまくりで、ジゼルからは「お前はもっと全体をよく見ろや！」と繰り返し檄が飛んでくる始末。

けれど、

(なんかいいな、こういうの)

いままでまともに練習に混ぜてもらえず遠くから眺めるだけだった反動だろうか。

ジゼルたちとの練習はなんだかとても居心地が良く、勝手に笑みがこぼれてしまう。

すぐに連携が上手くなったりはしないから、何度も石にぶつかったり転んだりして怪我ばかり増えていくけど、冒険者学校らしい一幕に自然と気持ちが上向いていくようだった。

(こんなふうにみんなで練習するっていうのも楽しいものなんだな……討伐大会でみんなと良い結果が出せるよう、精一杯頑張ろう)

いままで知る機会もなかった感覚に胸を温かくしながら、ジゼルたちとの訓練に没頭していた……そんなときだった。

「あら！　こんなところに良い練習場があるじゃないの！」

練習場に突如、無遠慮なほど明るい声が響き渡ったのは。

第三章　喧嘩売買

1

それは威圧的なまでに立派な装備を身につけた十人ほどの集団だった。

金属製の全身鎧で身を固めた複数の近接職に、大きな杖を携えた魔法職。

そしてそれらを率いているのは、見覚えのある美しい女の子だ。

「あれは……ふわふわスライム討伐大会で活躍してた……」

カトレア・リッチモンドさん……？

爆撃魔法で大量のモンスターを一掃していた貴族の少女。

高貴な身分である彼女の両隣に従者筆頭という面持ちで付き従うのは、神経質そうな細身の男性と、真面目そうで大柄な男性。討伐大会のあの日、突出した実力で迫り来るスライムたちを一切寄せ付けなかった近接中級職の二人だ。

そんな人たちが一体どうしてこんなところに……と僕らが気圧されていると、カトレアさんは練習場を見渡して満面の笑みを浮かべる。

「うんうん、良い空き地じゃない。討伐大会でもっと記録を伸ばしたいから、自由に使える練習場が欲しかったのよね！　いちいち壁の外に出たり城壁通路まで上るのも億劫だし、ここならちょうどいいわ！」

そう言うとカトレアさんは集団を引き連れ、自主練習に励む孤児組を押しのけるようにしてずかずかと練習場へと踏み入ってきた。

「ああ!?　んだてめーら」

僕たちが突然の出来事に面食らって固まるなか、真っ先に動いたのはジゼルだった。

初っぱなから全力の喧嘩腰。

たとえ相手が貴族だろうが縄張りに我が物顔で踏み込んできた連中にかしこまる必要などないとばかりにガンを飛ばす。

「あら？」

するとカトレアさんは「たったいま存在に気づいた」という顔でこちらへ目を向け、装飾の豪華な扇子で口元を隠しながらジゼルに対峙した。

「あらあらあら。なんだか場違いなのがいるわね。みすぼらしい平民の子供がこんなに立派な練習場で一体なにをしているのかしら？」

「あ……？」

あまりに横柄なカトレアさんの物言いに、ジゼルの声が一段階低くなる。

先ほどまで面食らうばかりだった孤児組からも「なんだこいつら」と一気にぴりついた空気が流れ出し、練習場にはいつの間にやら孤児組と貴族勢力が睨み合うような構図が出来上がっていた。

（え、え、なんだこれ……!?　なんで急にこんな殺伐とした雰囲気に!?）

戸惑う僕をよそに、ジゼルとカトレアさんを中心とした剣呑なやりとりが続く。

「なにしてるって、鍛錬に決まってんだろうが。ここは代々、私ら孤児組が優先的に使える練習場なんだよ。わかったら貴族サマはとっとと出ていきやがれ。あんたらはあんたらで自由に使える練習場があんだろうが」

「へぇ、親なしの平民が代々使ってる練習場ねぇ」

カトレアさんはジゼルたちや練習場をじっとりと見回し、それから最後に僕を見て「ふっ」と嘲るように笑う。

「でも、ねぇ？　レベル０の《無職》に負けるような人たちがこんな立派な練習場を使っても、宝の持ち腐れというものでしょう？　もっと才能のある者――リッチモンド伯爵家の跡継ぎであるわたくしに献上するのが、この練習場の最も有効かつ名誉な使い方だとは思わなくて？」

「は、あ、あ、あ、あ!?」

横暴すぎるその言葉に、ジゼルがついにブチ切れた。

けどそれも当然だ。

突如この場に現れたカトレアさんは言外に——というかかなり露骨に、この練習場を明け渡せと言っているのだ。それも「弱いあなたたちには必要ないものだから」という理由で。

な、なんだこの人たち……。

あまりに身勝手な言動に僕がいよいよついていけなくなるなか、孤児組を背負いながらジゼルが吠える。

「ざけんじゃねえぞこのクソビッチ！」

「無礼者ぉ！」

と、少々過激すぎるジゼルの暴言に、それまでカトレアさんの背後に控えていた従者が前に出てきた。討伐大会で特に凄まじい働きを見せていた中級近接職の一人だ。

神経質そうなその細身の従者は三白眼をつり上げジゼルを睨み付ける。

「先ほどのカトレア様の可愛らしいお名乗りを聞いていなかったのか、馬鹿者どもが！　このお方はリッチモンド伯爵家の次期当主、カトレア・リッチモンド様にあらせられるぞ⁉　本来なら貴様ら平民などまともに口を聞く機会もないお方！　こうして交渉の場を設けてくださっただけでも泣いて喜ぶべきであるのに……それが黙って聞いていれば聞くに耐えん言葉遣いに暴言の数々！　どういうつもりだ！」

「はあ？　すっこんでろ三下。いまてめえのしょーもねえ飼い主と私が話してんだろうが」

「なんだとぉ……⁉」

ジゼルの挑発的な言葉を受けて、細身の従者がさらに激昂する。

「まあまあ、そう熱くならないで二人とも」

そんな一触即発の雰囲気をいさめたのは、騒ぎの発端となったカトレアさん本人だった。

「し、しかしカトレア様……」

「いいから落ち着きなさい」

カトレアさんはそう言って細身の従者を下がらせると再びジゼルに向き直る。

「なんだか不満そうね？」

自分たちがどれだけ無茶苦茶を言っているのか自覚がないのか、カトレアさんは心底不思議そうに首をかしげる。そして再び食ってかかろうとするジゼルを牽制するように「ならこういうのはどうかしら」と手を叩いた。

「わたくしも魔族じゃないもの。あなたたちが望むなら、わたくしたちが使っていない時間に限り、この練習場を引き続き使わせてあげるわ？　それに、羽虫のように弱くて後ろ盾もないあなたたち親なしが、この場所をほかの横暴な貴族に奪われないよう守ってあげる。……あなたたちがわたくしの配下について、従順に働くと約束してくれるなら、ね？」

これならなんの不満もないでしょう？　とばかりにカトレアさんが笑みを浮かべる。

すでにこの場所が自分のものであることが前提かのような、飛躍した譲歩（？）の言葉。

それを聞いた細身の従者は「なんとお優しい！」とはやし立て、隣に立つ真面目そうで大柄な従者はなにやらいかめしい表情でその様子を眺めていた。

　そしてカトレアさんの飛躍した譲歩案を聞いたジゼルはといえば、

「……ちっ、やっぱ傘下集めが本命か。舐めやがって」

　なにか呟くと、いまにも斬りかかりそうな獰猛さをたたえたまま静かに告げる。

「守ってもらう必要なんざねえよ。こっちはもう中級職なんだからな」

「……なんですって？」

　思わずといった様子で声を漏らすカトレアさんに、ジゼルがステータスプレートをかざす。

　ジゼルの意思により、そこにはジゼル本人の名前と《職業》がはっきりと浮かび上がった。

　背後の従者たちが「《職業》授与から二か月も経たずに!?」「まさか……」とざわめき、カトレアさんも「あらほんと」と目を丸くする。

　だがジゼルの急成長を前にした彼女たちの驚きはすぐに鳴りを潜めた。

　そしてカトレアさんはまるで準備してきたかのようにこう言うのだ。

「驚いたわね。《職業》授与から二か月も経たずに中級職にクラスアップするなんて凄いじゃない。才能だけでいったら貴族のなかでもかなり上位に食い込むんじゃないかしら。ええ、本当に凄いと思うわ。だって――」

　と、カトレアさんは扇子で口元を隠し、

「それだけの才能を持って生まれておいて、レベル0の《無職》にボロ負けするなんて、どれだけ冒険者の適正がないのかしら！　わざと負けようと思ったってなかなかできることじゃない偉業よ!?　本当に凄い！　くふっ、くふふふっ、やっぱりあなたたちみたいな無能にこの練習場はもったいないわ！　わたくしが守ってあげるから、大人しく配下になっておきなさい？　あははははははっ！」

カトレアさんの嘲笑(ちょうしょう)にあわせて背後の従者たちも盛大に笑い声をあげる。

ただ一人、大柄な従者の人だけは「は――――っ」と気苦労の多そうな溜息(ためいき)を吐(つ)いているように見えたけど、それも嘲笑の中に埋もれてしまっていた。

と、そのとき。

ビキィッ！

そんな音が大気を揺らしたような気がした。

言うまでもなく、音の主はジゼルだ。

彼女はいまにもカトレアさんたちを斬り殺しそうな形相で、

「そこまで言うなら試してみるか？　私らが本当にただの雑魚かどうかよぉ……!?」

瞬間。

カトレアさんの目が弓なりに細められた。

扇子で口元は隠れているのに、まるで口角が「にぃ」とつり上がったのが見えるようで――。

「ならこうしましょう！」

バチン！

勢いよく扇子を閉じてカトレアさんが宣言する。

「どちらがこの練習場を使うのにふさわしいかを賭けて決闘よ！　形式はそうね……討伐大会に向けた練習の場を賭けて争うのだから、10対10の中規模パーティ戦でどうかしら。……『試してみるか？』なんて言っておいて、まさか断ったりはしないわよねぇ……？」

「上等だよ……！　公の場でてめえら貴族の鼻っ柱、バキバキにへし折ってやる……！」

「ちょっ、ジゼル!?」

そこで僕はようやく話がマズイ方向に進んでいると気づき、慌ててジゼルを止めに動いた。

いくらジゼルに魔法の主導権を奪う固有スキル(ユニーク)《慢心の簒奪者(ロブリーマジック)》があるとはいえ、ほとんどのメンバーが中級職で構成されたパーティを相手に決闘なんて無謀すぎる。

それになんだか、カトレアさんたちには最初からこの流れを狙っていたかのような節があるし……と声をあげたのだけど、

「確かに聞いたわ。決闘成立ね。管理組合への申請と準備期間を考えると、決闘日時はおよそ二週間後ってところかしら。楽しみにしてるわ。自称『危険度(リスク)4を討伐した』平民の皆さん」

「こっちもてめえらが無様晒(さら)して、自慢のご実家から勘当されるの楽しみにしとくぜ、クソ女」

僕のことなんて全員ガン無視。

孤児院のメンバーも「面倒なことになった」という顔はしていたけど、止めようとする人は

誰一人としていなかった。

「くふふ。それじゃあ、ごきげんよう」

満足げに微笑み去っていくカトレアさんの背中を呆然と見送ってから、僕は改めてジゼルに駆け寄る。

「ね、ねえちょっとジゼル⁉　いくらなんでも売り言葉に買い言葉で熱くなりすぎだよ！　向こうにも練習場はあるって話だし、いまからでも冷静に話しあえば、決闘なんて――」

「うっせえボケ！　全部お前のせいだろうが！」

「ええ⁉」

僕⁉

いきなりそんなことを言われて僕は目を剝いた。

どういうことなの……と狼狽していると、ジゼルが舌打ちしながら語る。

「やつらの本当の狙いは練習場なんかじゃねーよ。ああやって自分たちの力を誇示しつつ配下を増やして、勢力を広げていくのが狙いなんだ。勇者の末裔サマのせいで世界中から有力者が集まるこの街で名をあげれば、貴族の責務が果たしやすくなるっつー理屈でな」

「貴族の責務って……ええと、それって領地の運営とかだよね？　この街で名をあげることが領地運営とどう繫がるの？」

「どうって……これだから一人で自主練ばっかやってたやつは」

僕の疑問に、ジゼルが呆れたような顔をする。

「領地運営の大前提は犯罪者やモンスターから領民を守ること。つまり武力なんだよ。強い貴族がトップ張ってる土地はそれだけ安全だと思われるから人や物が集まって発展してく。逆にクソ雑魚貴族が治めてる土地なんざ怖くておちおち住んでられねえってんで荒廃しやすくなんだよ。そうなりゃ領地運営どころじゃねえし、貧乏貴族まっしぐら。舐められたら終わりっつー理屈は貴族サマにも当てはまるってこったな」

ゆえに各地から有力者が集まり世界の縮図と化すこの時期のバスクルビアにおいて、貴族の跡継ぎたちは勢力拡大に手段を選ばないのだという。

たとえ勇者の伴侶を狙っていなくても。

この街での活躍が、そのまま将来の地位や暮らしを左右するから。

「いままでは様子見に徹してた貴族どもだが、いよいよ動き出しやがった。でもって最初の標的に私らが選ばれたんだよ。『《無職》に負けたような孤児なら簡単に取れる。反撃も怖くない。勢力拡大の景気づけにちょうどいい』ってな」

ジゼルは忌々しげに吐き捨てる。

「一度でも目をつけられたが最後、こっちが勝たねえ限り決闘を避けようがなにしようが延々と絡んできやがるぞ。プライドの高い連中だからな。チッ、いい迷惑だクソ！」

「そ、そんな……」

本当に僕のせいで……？

でも言われてみれば、確かにカトレアさんたちは『レベル0の《無職》に負けた』という部分をことさら強調してこちらをあざ笑っていた。僕がリオーネさんに頼んだあの復学試験によって、ジゼル率いる孤児組全体が〝舐められた〟のは明らかだ。

そこで僕の脳裏をよぎるのは、西の森で襲いかかってきたジゼルの言葉。

一度周囲に侮られたらどうなるかという叫び。

あのときジゼルが懸念していたそれがいま、現実の脅威として降りかかってきたのだと僕はようやく痛感する。

「ご、ごめんジゼル……僕、こんなことになるなんて全然、考えてなくて……っ」

「ちょっ、う、うぜーな！　顔を近づけてめそめそすんじゃねーよ！　バカ貴族に目をつけられたのはクソだが、別に勝ち筋がねえわけじゃねーんだからな！」

ジゼルがなぜか酷く動揺しながら続ける。

「こういう実力差のある集団決闘は、原則『リーダー戦』。敵の大将を先に討ち取ったほうが勝ちってルールになんだよ。でもってあいつらは恐らく私の固有スキルを知らねえ。向こうの大将は間違いなく魔法職のカトレアだろうし、あの派手な爆発魔法を跳ね返して相手が混乱してる間に一斉攻撃を仕掛けりゃどさくさで勝てなくはねぇ。そういう意味じゃ、むしろ私のスキルと相性の良い貴族に絡まれたおかげで汚名返上するまたとない機会ってこったな」

ジゼルはどこか僕に気を遣うように言うと、表情を引き締める。

「でもまぁ、さすがにそうそう上手くいくとは思えねえから、こっからは討伐大会の練習を対人集団戦の練習に切り替えていかねえとな」

ジゼルの真剣な言葉を聞いて、ほかの孤児組も「やったるぜ！」「いけすかねえ貴族の連中に思い知らせてやる！」といきり立つ。突然決まった貴族との決闘に戸惑う様子はほとんどない。

恐らく、こういう事態がありうると前々からジゼルに聞かされて警戒していたのだろう。

だから孤児組の面々は以前、重大違反を承知でジゼルとともに僕を潰そうとしていたんだ。

周囲に舐められないように。

「ど、どうしよう……」

そうして孤児組が決闘に向けて士気を高める一方。

討伐大会どころではなくなってしまった練習場で僕は一人、《無職》の復学が引き寄せてしまった事態に呆然と声を漏らすのだった。

2

「――と、いうわけなんです。なんだか僕のせいで大変なことになってしまって……」

練習場をあとにしたクロスは屋敷に戻るなり、貴族に喧嘩を売られたことを師匠たちに相談していた。

あのあと、クロスはジゼルに『孤児院の先輩冒険者に助っ人を頼めないか』『ここは冒険者の街なのだから、ギルドに申し入れれば仲裁してもらえるのでは』と訴えてはみたのだが、『んなガキが親に泣きつくような真似したら余計に舐められるだけだろうが!』と却下され、孤児組の面々もジゼルに全面同意。

もはやカトレア勢力との激突は避けられない状況になっていた。

これらの事態は決してクロスのせいといえるものではなかったが、復学試験に端を発する一連の出来事に少年は酷く責任を感じてしまっており、どうにかジゼルたちの勝利に貢献できないかと頭を悩ませていたのだ。

とはいえさすがにたった二週間で中級職パーティに勝つ修行なんて……とクロスは最初から項垂れており、師匠たちへの相談は正直なところダメ元だった。

「なるほど、それは確かに困難な状況だ」

案の定、食堂のテーブルについて話を聞いていたリュドミラはそう言って瞳を閉じる。

「状況を一度整理してみよう。君たちに絡んできた貴族は強力な爆撃魔法の使い手に、護衛の近接職を中心にしたパーティで間違いないな?」

「は、はい。決闘の際は《レンジャー》や《聖職者》といった補助要員も入ってくるとは思いますけど、パーティの中核は中級魔導師とそれを守る中級近接職で間違いないです」

「ふむ。典型的な固定砲台パーティだな。確実に敵を殲滅する火力を要とし、強力な近接職でそれを守る。ある程度の格上モンスターとも渡り合える鉄壁の布陣だ。そうなると、リッチモンドの傍らに控えていたという従者二人の《職業》は十中八九、守りに秀でた《騎士》系統だろうな」

　クロスから聞いた情報を整理しつつ、リュドミラは自身の見解を述べる。

「あのジゼルという子供がいくら魔法を反射して敵の混乱を誘えるとはいえ、守りに特化した中級職を出し抜いて敵のリーダーを仕留めるのは困難を極めると言っていい」

「やっぱり……そうですよね」

　守りに秀でた二人の中級職。

　少し大げさな言い方をしてしまえば、それは二体の知性あるロックリザード・ウォーリアーが壁役を務めているようなものだ。さらにいえば、敵の中級近接職はその二人だけではない。

　クロスは改めて突きつけられた彼我の戦力差にしゅんと肩を落とす。

　だがその一方、リュドミラは意気消沈する愛弟子へ好戦的に微笑みかける。

「とはいえ、その程度は大した問題ではない」

「……え？」

「ここ数日行っていた風魔法の強化。これを発展させ、私が思い描く《魔法剣士》スタイルをものにすれば、その貴族パーティにも十分対抗できるようになるだろう」

「ほ、ほんとですか⁉」

リュドミラが口にした予想外の回答に、クロスは椅子から腰を浮かせて身を乗り出した。

「うむ。風魔法は比較的殺傷力に欠けるぶん、ほかの属性にはない大きな特徴がある。それはすなわち、風の力を用いた機動力だ」

リュドミラの言葉を受けてクロスの脳裏をよぎるのは、風を使った飛行魔法。

《深淵樹海》に連れて行かれた際に体感した超高速移動だ。

「クロス、魔法の本格的な修行をはじめる際に話したように、君は魔法スキルと近接スキルの両方を使える希有な存在だ。普通の魔法職と違い、初期段階から護衛なしで好きに動き回り魔法を放てるという圧倒的な長所がある。敵を翻弄する速度と制圧する火力。その二つの要素を併せ持つ君は、集団戦において戦力差を覆す特異点になり得るのだ。事実、西の森で孤児院の者に囲まれた際にも魔法さえ封じられなければ、君は一人で危機を乗り越えられていたはずだ」

「……！」

「風魔法を伸ばすことで、その長所をさらに顕著なものとする。そうすれば、中級職パーティなどものの数ではない」

それからリュドミラは、風魔法を用いた具体的な戦術をクロスに語る。

それらの作戦は確かな説得力に満ちており、先ほどまで絶望的な戦力差に打ちひしがれていたクロスの目に光が戻る。

加えてリュドミラが掲示した具体的な《魔法剣士》スタイルはなんだかとてもかっこよく、クロスの目がさらに輝いていく。

「それなら確かに勝機が……リュドミラさんの教えをどこまで再現できるかわからないですけど、僕、頑張ります！　僕に《魔法剣士》を教えてください！」

「もちろんだ。あと二週間。しっかり休息は挟みつつ、私とみっちり集中修行といこう」

「はい！」

横暴な貴族への対策が決まり、クロスとリュドミラは大いに盛り上がる。

その一方で――

「ちぇー、またしばらくリュドミラちゃん中心の修行が続くのかぁ。わたしの番はいつ回ってくるのかなぁ」

「チッ。せっかく期待通りに勢力争いの火の粉が降りかかってきたっつーのに、最初の敵がよりにもよって魔導師パーティかよ。リュドミラの専門じゃねーか、ついてねーな……」

引き続きリュドミラが修行の中心を担うということで、クロスを取られた師匠二人は大人げなくふてくされていた。

特にリオーネのぶーたれ具合はテロメア以上だ。

なぜならリオーネがクロスの復学試験にわざわざジゼルを指名し、あろうことか公開形式に変えさせたのは、クロスが目立ち結果として貴族に目をつけられれば、その対策と称した修行でクロスと一緒にいられる時間が増えると期待していたからだ。

リオーネが公開試験に手を加えた理由は、クロスに適度な自信をつけさせてやるため……だけではなかったのである。

この時期のバスクルビアで頭角を現していけば、貴族に目をつけられるのは時間の問題。

いずれ必ず貴族に絡まれるというならその流れを加速させ、命の危険の少ない対人戦で格上と戦う機会を増やしてやろう。

そうすればクロスの修行はより効率的に進むし、一対一の決闘を好む者が多い貴族との戦闘が増えれば近接修行担当である自分とクロスの過ごす時間が増えてお得！　などとリオーネは考えていたのである。

だがそんな邪(よこしま)な狙いでクロスを勢力争いの渦中に放り込むこととなってしまったツケが回ってきたのか、修行の中心はリュドミラに奪われ自分は裏方。

リオーネからすれば面白くないことこの上なく、

（リュドミラのやつ、美味(おい)しいとこだけ持っていきやがって……！）

と、逆ギレ気味にむくれているのだった。

そんなこんなでリオーネはご機嫌斜め、テロメアもまた「む～」と不満げに頬(ほお)を膨らませていたのだが――、

「リオーネさん、テロメアさん！」

リュドミラとの作戦会議を終えたクロスが頬を紅潮させて駆け寄ってくる。

そして、

「お二人も話は聞いてたと思いますけど……中級職パーティに通用するレベルの《魔法剣士》スタイルを獲得するにはリオーネさんとの修行も不可欠ですし、短期間の間に力を伸ばすにはもちろんテロメアさんの力も欠かせません。たったの二週間で中級職と戦うなんて無茶なことを頼んでしまってますけど……ご指導のほう、よろしくお願いします！」

改めてそんなことを言うのだ。

その表情に浮かぶのは横暴な貴族から仲間を守ろうとする真っ直ぐな決意。それからリオーネたちに対する100％の信頼と純粋な好意で――。

「お、おう！　当たり前だろ！　今日からみっちり修行つけてやるからな！」

「も～、そんなこと言われなくても当然だよぉ。全力で色々注いであげるからねぇ」

リオーネとテロメアは一気に笑顔。

ふんふんっ、とはりきるクロスに相好を崩し、頭の中で即座に具体的な修行方針を固めてしまうのだった。

（あ、あれ……？　っかしぃな。リュドミラ中心のいけすかねえ修行方針が変わったわけじゃねえのに）

（いまはなんか、そんなに悪い気分じゃないなぁ？）

二人はクロスの何気ない一言で即座に自分たちの機嫌が直ってしまったことに困惑し、ほわほわと温かい胸元を押さえて首を傾げた。

3

リュドミラさんたちに相談したその日から、さっそく集団戦対策の修行がはじまった。

このことをジゼルに報告したところ、

「お前んとこの化け物師匠が打ち出した方針ならまず間違いねーだろ。こっちの実質的な中心戦力はお前だけど、わざわざ一緒に練習して貴族どもに手の内を明かす必要ないからな。お前は別個で修行に集中して、可能な限りスキル伸ばしとけ。私らは私らでやれることやっとく」

とのことで、僕は孤児院組との合同練習は最小限に。

師匠たちとの修行により多くの時間を割くことになった。

そうしてまず行われたのは、ここ数日続けてきた魔法スキルのＬｖ上げ。その延長だ。

「――ウィンドシュート！」

《深淵樹海》の浅域に無理矢理作り出された円形闘技場のような空間。

そこにおびき寄せられたモンスターをひたすら魔法で打ち抜いていく。

空中でリュドミラさんに抱き抱えられ、魔力操作の感覚を流し込まれる際の心地よさに身悶えしながら行われる、とても恥ずかしい修行だ。

けれどその修行も前回とまったく同じというわけじゃない。

「ジゼル・ストリングに魔法反射のスキルがあるとはいえ、敵がそれを逃れて魔法を放ってくる可能性も十分にある。万が一に備え、君もそろそろ魔防のステータスを伸ばしておくべきだ」

そう言ってリュドミラさんが手の平から放つのは、微弱な風魔法攻撃。

痛みなんてほとんどなく、柔らかい風の塊が僕の身体を優しく押してくる。新手のマッサージみたいな感覚だ。

「リオーネとの模擬戦で力や防御のステータス補正スキルが発現したように、魔法攻撃を受けていけば魔防の補正スキルも獲得できるはずだ。魔法攻撃の属性を風に絞れば風の感触を全身で理解することにも繋がり、風魔法の伸びも良くなるだろう。実に効率が良い」

そうしてリュドミラさんは多種多様な極低出力風魔法で僕の身体を撫でるのだけど……。

「あ、あのリュドミラさん!?　なんかまた服がはだけて……それにさっきからその、敏感なところばっかり狙い撃ちしてませんか!?」

「そのほうが風の感覚を理解しやすいからな」

「そうなんですか!?」

「そうだ」

リュドミラさんは断言。

「……しかしアレだな、クロスの反応を見ていると、つい過剰に敏感な部分を狙ってしまう」

本当に本当なんだろうかと疑う部分がなくはなかったんだけど……実際に風魔法を受けまくった僕の魔法スキルは以前にも増してＬｖが上がっていき、僕は恥ずかしいのを我慢して修行を続行するのだった。

「っし！　次はあたしの番だな！」

風魔法の修行が一通り終わると、リオーネさんが刃引きされた剣で肩を叩きながら上機嫌に笑う。

木々の燃やし尽くされた《深淵樹海》の地に降り立ちリオーネさんと対峙した僕は、ショートソードを構えていつものように模擬戦をはじめる。

けれど今回の模擬戦はいつものそれとはかなり勝手が違っていた。

一部の例外を除き、僕からの攻撃を禁じられているのだ。

「いけすかねえが、格上相手の乱戦で魔法スキルが有効なのは間違いねえからな。攻撃方面の修行はリュドミラに譲ってやる。あたしが今回伸ばしてやるのは、敵を翻弄する動き。それからリュドミラの言う《魔法剣士》スタイルの完成度を高める、純粋な機動力の強化だ」

そう言ってリオーネさんが打ち込んでくる攻撃を、僕はひたすら避けまくる。

速度上昇を意識した《身体能力強化》や《緊急回避》、時には《身体硬化》も織り交ぜ、とにかく相手の攻撃をすかしていくのだ。

「怖がって相手の剣だけを見ず、身体全体を見るよう意識すんだ！　そら、剣だけ見てるとフェイントに引っかかる！　それに攻撃は剣だけじゃねえ、蹴りもあるぞ！　よし、よく避けた！　遅れて不意打ちに気づいたときは無理せず回避スキルに頼れ！　よーしいいぞ、その調子だ！」

荒々しく笑うリオーネさんの掛け声にあわせ、楽しい楽しい殴り合いの世界に没入していく。

ほぼ剣を打ち合わせることなくひたすら回避と速度上昇に意識を割く模擬戦はいつにも増して舞いや踊りのようで、リオーネさんとの濃密な時間がひたすら心地よい。

けど今回の修行ではその甘美な感覚に酔いしれてばかりはいられない。

なぜなら僕はリオーネさんの攻撃をひたすら避けると同時に、口と頭を必死に動かしていたからだ。

「――集え風精　我が手中」

呪文詠唱。

紙一重の攻防を繰り返しながら魔法構築を試みる。

ジゼルに囲まれたときやロックリザード・ウォーリアー戦ではなんとかやれていたはずなのに、改めて挑戦してみるとこれがなかなか難しい。

というか、リオーネさんの攻めがこれまで戦ってきた誰よりも苛烈で、魔法に意識を割いている余裕がないのだ。

「クロス。君が西の森での戦いで近接戦闘をこなしながら魔法を発動させたというのは聴いている。賞賛に値することだ。君にはセンスがある。だが今回のように複雑な攻防を仕掛けてくる格上の近接職を相手に詠唱をこなすというのは、そう容易なことではない」

僕とリオーネさんの模擬戦を見守るリュドミラさんの言葉通り、ギリギリかつ複雑な攻防の中で魔法を構築するのはかなり難しい。

「だがそれもひたすらに場数を踏んでいくことで解消可能だ。誕生直後は立つことさえままならなかったヒトが無意識に歩けるようになるのと同様、詠唱を繰り返していけば息をするように呪文を紡げるようになる」

そうして僕がリオーネさんとの模擬戦を何十回と繰り返したところで、リュドミラさんが懐からなにかを取り出す。

それはここ数日の修行でおなじみの、モンスターを呼び寄せる香り袋だ。

「さて、同じ修行を繰り返し身体に叩き込むことも重要だが、適度に環境を変えることもまた不可欠なことだ。リオーネとの一対一の模擬戦で学んだことを応用してみよう」

リュドミラさんが香り袋を広げると、周囲の森から現れるのは何十体ものモンスター。

「多種多様な方法で襲ってくるモンスターたちの攻撃をいなしつつ、魔法スキルのみで仕留めていこう」

「……っ」

それは完全に集団戦を想定した実戦練習。

いよいよもって難易度のあがった修行に僕が身構えていると、

「も～、クロス君は固くなりすぎだよぉ」

「ふぇ!?」

テロメアさんが各種回復スキルで僕の体調を万全なものにしながら、頬をぷにぷにと突いてくる。

「心配しなくても最初は二体だけ。それも弱らせた状態ではじめるから、多対一の戦闘にも少しずつ慣れていこうねぇ」

テロメアさんの手の平から怪しい霧が噴出する。

バタバタバタ！

すると霧に飲み込まれたモンスターたちが一斉に倒れ、口から泡を吹いてピクピクと痙攣しはじめた。

残ったのは二体のブラックグリズリーだけで、それもかなり動きが鈍っている。

い、一体どんな高威力広範囲の弱体化スキルなんだ……と僕が呆気にとられていると、テロメアさんが顔を寄せてきて、

「どんな怪我(けが)をしても治してあげる。乱戦に慣れるまでは《痛覚軽減》だってしてあげる。体力も気力も魔力も無限に分けてあげるから……気の済むまでた～っぷり修行しようねえ♥」

「わっ!? テ、テロメアさん!?」

「おいテロメア！　てめえは毎度毎度くっつきすぎだ馬鹿野郎！」

と、頬(ほお)をすりすりしてくるテロメアさんがリオーネさんに引き剝(は)がされる一幕なんかがありつつ。

僕は世界最強の師匠たちの支援のもと、集団戦に向けた修行をひたすら積んでいった。

4

数日後に迫ったカトレアさんたちとの決闘に備え、修行はさらに加速していく。

既存のスキルをさらに伸ばし、新しく発現したスキルが実戦で使えるLｖに到達するよう集中して鍛える。

けどそうした修行づけの毎日の中でも、決してないがしろにされることのない時間があった。

息抜きの休息日だ。

「培ったものの定着というものは休息時にこそなされるものだ。休息をないがしろにする者に真の強者はいない。また、どれだけ強力な回復スキルやポーションでも、常に神経が張った状態でいる人間の無意識的な疲労まで回復しきれるものではないからな」

とはリュドミラさんの談。

そしてそのリュドミラさんに連れられ、僕はバスクルビアの東に広がる森へとやってきていた。

「うわぁ」

目の前に広がる光景に思わず感嘆の声が漏れる。

そこは深い森の中にあって、温かい日差しの差し込む開けた空間。

驚くほどに綺麗な清流の湧く神秘的な場所だった。

まるで噂に聞くエルフの森みたいだ。

「す、凄いですね……バスクルビアの近くにこんな場所があるなんて」

「ああ。君と二人だけの時間を過ごすために見つけておいた」

「え」

そんなことを言うリュドミラさんに驚いて振り返る。

清らかな森を背景に優しく微笑むリュドミラさんは神々しいほどに綺麗で、僕はドキッとしながら思わず見惚れてしまう。

「さて、格上を打倒するための修行続きで神経が張り詰めているだろう。事前に君から話を聞いて、好みに合いそうな本を借りておいた」

と、ぼけーっとしていた僕にリュドミラさんが何冊かの本を手渡してくれた。

バスクルビアの図書館から借りてきてくれたらしい簡素な装丁の冒険譚や、物語形式の魔物図鑑。戯曲なんかもある。どれもこれもかなり面白そうだ。

本には昔から興味があったのだけど、みんなに追いつくための自主練に必死で好みの本を探す余裕もなかったから、これは正直かなりありがたい。

「リオーネとテロメアはあまり芸術や書をたしなむ知性がないようでな。感想を語らう相手がほしいと思っていたのだ。書は現実の出来事を忘れて没頭することで神経をほぐす効果もある。今日は一日、ここでゆっくり過ごすとしよう」

「はい！」

いくつかの本の中から冒険譚を選ぶ。

リュドミラさんと並んで巨木に腰掛けると、ワクワクしながら表紙をめくった。

リュドミラさんが選んでくれた冒険譚は本を読み慣れていない僕にも理解しやすい内容で、すぐに夢中になってしまう。

水のせせらぎと木の葉のこすれる音だけが響く静謐(せいひつ)な空間に身体(からだ)も心も癒やされながら、僕はどんどんページを捲(めく)っていった。

強烈に引き込まれる内容だ。

リュドミラさんと語り合いたい箇所がすでにいくつもあって、一刻も早く読み終えたい気持ちといつまでも読んでいたい気持ちがぶつかり合う。

けれど……。

「どうしたクロス。落ち着かないか？」

しばらく経った頃、リュドミラさんが本から顔をあげて僕に声をかけてきた。

「あ……はい、すみません、やっぱりどうしても」

本に夢中になっていたことは本当だ。

普段だったらとても良い気晴らしになっていただろう。

けれどいまは、どうにも数日後に迫った決闘のことが頭をよぎり、しばらく読み進めたところでそわそわと修行のことを考えてしまう自分がいた。

せっかくリュドミラさんがこんな素敵な空間と本を用意してくれたのに……と申し訳なく思いつつ、どうしても落ち着かないのだ。

カトレアさんたちを相手取るのに、ここでのんびりしていていいのだろうかと。

それを聞いたリュドミラさんが「ふむ」と頷く。

「君は人より少々責任感が強いらしい。好ましい美徳だが、長い目で見た際には君自身にとって不利益となる可能性が高い長所でもある」

リュドミラさんは顎に手を当てながら、講義するように語る。

「目標に向けて常に精神が張り詰めていては、どんな強者もすぐ疲弊してしまうだろう。休むべきときは自分に課せられた使命を忘れて、心の底から休む。そういった切り替えの巧みさも己を高めていくためには重要な資質だ」

それは僕を拾ってくれたときから、リュドミラさんが繰り返し語っていた休息の重要性だ。

「ですよね……」

けれど僕はいつまで経ってもそれを実戦できていないようで、ちゃんと休憩できない自分に肩を落としてしまう。

「とはいえ」

と、僕の言葉を受けたリュドミラさんが「こほん」と咳払い。

僕の頭に手を乗せると、読んでいた本を閉じて語りはじめる。

「これはあくまで長期修行での話。決闘が数日後に迫った状況で脱力しろというのはいささか無茶な要求だったな。重要な戦いを目前にして気を抜くというのはそれこそ達人の領域。いくつもの修羅場を乗り越えてようやくたどり着ける境地だ」

そしてリュドミラさんは反省するように言うのだ。

「私も少々頑迷だったようだ。休息したほうがいいというのは事実だが、君の精神状態を考慮すれば多少なりとも修行の足しになる息抜きにしたほうが効果的だったな。未熟な師匠ですまない」

「え、あ、いやいやそんな！　僕のほうこそ変なワガママみたいなこと言っちゃってて……」

せっかくリュドミラさんの準備してくれた息抜きに上の空でもっと修行したい、なんてある種のワガママだ。

謝るのは僕のほうなのに、逆にリュドミラさんのほうから謝られて僕は恐縮してしまう。

けれどそんな僕をリュドミラさんは「いや、遠慮する必要はない」と手で制す。

「リオーネも以前、君に言っていただろう。修行とは弟子の適性や状況を見て柔軟に変化させていくべきもの。私たちの教えこそが絶対に正しいとは限らないから、意見があればこれからも臆せず口にしなさい」

それからリュドミラさんは少しいたずらめいた表情を浮かべると、

「そうでなければ、君と作品について語り合うこともできなくなってしまうからな」

恐縮する僕を力づけるように、そんなことを言ってくれた。

（僕、やっぱりこの人たちに拾われてよかったな……）

僕は改めて、そんな思いを強くするのだった。

そうしてお屋敷へと戻る道中、途中まで読んだ本の感想を語り合っていたリュドミラさんが
「あそこですべて焼き尽くせば簡単に解決するというのにな」とひたすら作中の街や人を灰燼（かいじん）に帰そうとするのはちょっと怖かったけれど……。

＊

休憩を中断してお屋敷に戻ると、はじまったのは微弱な風魔法の操作訓練だった。

具体的になにをするかといえば、風魔法を用いたお屋敷の掃除だ。

「君は常々、私たちの世話になっているぶんを返したいと言っていたな。室内の掃除は風魔法の繊細な操作を学ぶのにちょうどいい。多少は息抜きにもなるし、実戦練習と違って疲弊も少ない。良いことずくめだ。まあ、とはいっても魔法の修行には違いないのでな。過剰練習にならないよう、ひとまず夕飯までを目安にやってみるとしよう」

そしてリュドミラさんの監修のもと、早速修行がはじまった。

「う……く……っ！」

しかしこれがなかなか難しい。

思い切り魔力をこめてぶっ放せばいい攻撃魔法とは違い、埃（ほこり）や砂利だけを絡め取って外に掃き出すのはそれなりのコツがいる。

周囲のものを壊さないように注意していればなおさらだ。

けれど幸いなことに、これまでの修行で《体外魔力操作》のLv（熟練度）が上がっていたおかげか、僕は最初からそこそこ風を操ることができた。

多分、リュドミラさんもそれを見越していたのだろう。

「よし、いいぞクロス。魔力操作は難しく考えずとも、多彩な状況で魔法を扱うことで熟達していく。魔力の感触を常に意識しつつ、ひたすら数をこなそう」

「はい！」

今回は身体に魔力操作の感覚を流し込むなどの恥ずかしい補助もなく、僕はひたすら風魔法での掃除を続けていった。


そうして練習を重ね、夕食を終えたあとはいつものようにリュドミラさんのマッサージ。

あとはテロメアさんの《魔力吸収》を待って就寝するだけ……だったのだけど。

「……もう少し練習できないかな」

僕はこっそり、自室を抜け出していた。

普段の修行とは違い、風魔法による掃除はいつでも自主練習が可能だ。

気力は多少もっていかれるけど、魔力の消費は攻撃魔法に比べて少ないし、どうせテロメアさんに吸われるならその前に練習で消費したいと思ってしまったのだ。

（「よくないこと」には慣れておいたほうがいいってテロメアさんも言ってたし……ちょっとくらいならいいよね）

カトレアさんたちとの決闘が迫ったこの数日間限定で、少しだけ自主練の時間を作ろう。

僕は自分にそう言い聞かせ、なにか掃除できるものがないかとお屋敷を歩き回る。

「お？」

そこで見つけたのは、水場の籠に溜まっていた沢山の衣類やシーツだった。

昼間は見落としていたのだろうそれを見て、僕はお宝を見つけたように目を輝かせる。

（これを洗濯すれば良い練習になるぞ！）

孤児院時代にそうしていたように、水を張った桶に洗濯物をまとめて放り込む。

足で踏むようにして汚れを落とし、軽く水を絞ってあとは軽く干すだけ……という段階で風魔法を発動させた。

「前にリュドミラさんがやってたのを見てたけど、こうすると早く乾くみたいなんだよね」

空中で作った風の渦に巻き取られ、洗濯物が宙を舞う。

水を吸った衣類はそれなりの重さがあるため、魔法の発動には繊細な操作と同時にそれなりの出力が必要だった。

（うん、やっぱり良い練習になるぞ！）

と、風魔法の操作に集中していたときだ。

「わっ⁉　しまった⁉」

昼間の疲れが残っていたのだろう。

魔法の操作を誤り、何枚かの洗濯物があらぬ方向へ。

そのうちの一枚が頭にぽとりと落ち、僕は慌ててそれを手に取った。

「……ん？　なんだろこれ……」

踏み洗いしていたときには気づかなかった、いままで触ったことのない滑らかな感触。

しかもそれはかなり小さくて、ほかの衣類やシーツとは明らかに違っていた。

興味を引かれるまま、その黒い布を広げてみる。

「……？　三角の布……？　なんだかよくわかんな……っ!?」

それがなんなのか、広げてすぐは気づかなかった。

なぜなら知識としては知っていても、本物を目にする機会なんていままで一度だってなかったからだ。そう。


それは、女性が服の下に身につける特殊な衣類……下着と呼ばれるものだったのだ。


「わ……わ……っ!?」

瞬間、首まで真っ赤になって僕はその場で動けなくなる。

頭が真っ白になって、どうすればいいのかわからなくなってしまったのだ。

——そのとき。


「あ～」

「っ!?」

背後から聞こえたその声に、僕は死ぬほど驚いて飛び上がる。

《魔力吸収》を施すために僕を探していたのだろう。

ギギギ、と首を軋ませて振り返ると、そこには物陰からこちらを窺うテロメアさんがいて、驚いたように目を丸くしていた。

けれどテロメアさんはすぐにニマァと笑みを作ると、顔を赤くしながら、

「も、もう、興味があるなら言ってくれればよかったのにぃ♥♥」

シュババババババババ！

凄まじい速度で僕に抱きついてきた!?

「わたしがあんなお店に連れて行っちゃったせいだよねぇ？　ごめんねぇ、クロス君がそういうことに興味をもっちゃったなら、わたしが責任をとってあげるから、安心してねぇ♥」

「ちょっ、テロメアさ……これは違うんですぅ!?」

テロメアさんの柔らかい感触やら、酷い勘違いをされてる羞恥やらで顔を真っ赤にしながら、僕は悲鳴をあげる。

と、その大騒ぎが聞こえたのだろう。

「おいテロメアぁ！　てめえいよいよクロスに襲いかかりやがったな!?　今日こそ死ぬまでぶ

っ殺してや……ク、クロス？　お前それ、下着か……？　も、もしかして、もうそういうことに興味があんのか……!?　だ、だったらテロメアなんかに先を越される前に……いやでもそういうのはちゃんとつがいになってからじゃねえと……っ」

「わあああ!?　リオーネさん！　違うんです！　違うんです！　ごめんなさい！　僕が言いつけを破って勝手に練習をしてたからで……これは誤解なんです！」

――こうして、僕の自主練習に端を発する下着事件はリオーネさんまで加わる大騒ぎになり……僕はこの日、強く思い知った。

過剰な練習は、色々な意味で大変よろしくないと。


と、そんな大騒ぎの裏側で。

「よしよし、計画通りだ。これでクロスも過剰な鍛錬はよくないと自ずから考えるようになっただろう。やはり頭ごなしに言い聞かせるより、体験させたほうが手っ取り早い。……しかしリオーネたちのものを使うのは癪だからと自分の下着を洗濯物に混ぜ込んでしまったが……これは、想定外の羞恥だな……」

リュドミラさんが顔を覆い赤面していることなど、僕は知る由もないのだった。

5

そうして修行が順調（？）に進んでいく傍ら、孤児組を率いて集団戦の練習を行っているジゼルのほうでも、裏で様々な情報収集が進んでいた。

なんの情報かといえばそれはもちろん、決闘相手であるカトレアさんたちの戦力についてだ。

「そんじゃまとめるぞ」

ジゼルたちと集団戦の練習をこなしたあと。

孤児組が普段から占有している談話室にて。

ジゼルが学校の講師みたいに僕たちを見渡し、ここ数日で収集したというカトレアさんたちの情報を羅列していった。

カトレア・リッチモンド　16歳　ヒューマン　レベル29　爆撃魔法を操る火と土の《二重魔導師》
ダリウス・ロックロンド　16歳　ヒューマン　レベル26の《撃滅騎士》
パブロフ・ソルチマン　16歳　ヒューマン　レベル26の《瞬閃騎士》

まずは相手パーティの中核を成す三人だ。

リュドミラさんの予測通り、あの突出した二人の従者は《騎士》系統。

大柄で真面目そうなほうがダリウスさんで、攻撃と防御に優れる《撃滅騎士》。

細身で神経質そうなほうがパブロフさんで、防御と速度に優れる《瞬閃騎士》らしい。

そしてジゼルがもってきた情報はこれだけに留まらない。

相手のパーティ構成は先の三人を中心に、レベル20の《土石魔導師》二人。

秀でた防御とバランスのとれたステータスが特徴的な中級職《騎士》レベル20が三人。

そこにかなりの範囲を索敵できるレベル20の《中級レンジャー》に、レベル22の《中級聖職者(プリースト)》が一人ずつというパーティ構成とのことだった。

「凄いやジゼル！　こんなに詳しく……！」

集められた詳細な情報の数々に僕は目を丸くする。

自らのステータスを秘匿しがちな在野の冒険者とは違い、貴族はそこまで頑なに自分たちの力を隠そうとはしない。

『領地を守る貴族にとって、敵に強さの詳細が知られているのは前提条件。そのうえで敵を叩き潰(つぶ)してこそ領主の誉れ』という考えが浸透しているからだ。

なのである程度の情報を集めるのは難しくないのだけど……貴族だって無節操に自分たちの情報をバラ撒(ま)いているわけじゃない。

決闘を目前にして相手パーティ全員のレベルと《職業（クラス）》が判明しているなんて、普通はあり得ないことだった。

これだけの情報をわずか数日で集められたのは、ひとえにジゼルの人望、そして人脈のおかげだ。

冒険者としての突出した才能、そしてなにより荒くれ者を引きつける人間性で街の冒険者に顔が広いジゼルは、独自の情報網からカトレアさんたちの詳細を引っ張ってくることができたらしい。

「全員がレベル20以上の中級職だなんて改めて実力差を痛感するけど……修行はうまくいってるし、この情報があれば、奇襲で一気に大将を討ち取るって作戦の成功率も上がるよ！」

「だろ？　けどまあ、油断は禁物。最後まで気を抜かずに準備してくぞ。絶対にあのクソ貴族どもの鼻を明かしてやんだからな……！」

「「「おおっ！」」」

戦意をたぎらせるジゼルに孤児組が呼応。

着々と進んでいく決闘準備に僕らが士気を高めていた——そのときだった。

「おいジゼル！　決闘の詳細が正式に発表されたぞ！」

談話室に孤児組の一人が駆け込んできた。

室内の空気が一気に色めき立つ。

実は今日僕がここに呼ばれたのはまとめられた情報を共有するためだけでなく、この発表を待っていたからでもあった。

カトレアさんとジゼルが管理組合に共同申請した決闘の日時やルールが公表されるのだ。

「やっとか！　で、いつだ？」

ジゼルが日時を問いただす。

ルールは『敵の大将を先に討ち取ったほうが勝利』のリーダー戦と確定しているから、聞くまでもないという判断だろう。

けれど、なにか様子がおかしかった。

「それが……俺も信じられねえんだけど……」

決闘の詳細を先に見てきた孤児組の口が異常に重い。

しかもその顔からは血の気が引いていて、「なんだ？　日程が早まったのか？」とジゼルが問いただしてもはっきりとした答えが返ってこなかった。

「「……？」」

嫌な予感がする。

僕とジゼルは顔を見合わせ、ほかの孤児組とともに掲示板へと走った。

＊

「あはははははは！　あの親なしたち、いまごろひっくり返ってるわね！　よくやったわパブロフ！　まさかあんな嫌がらせを仕掛けてるなんて、あなたはやっぱり昔から気が利く子よ！」

「ははっ、ありがたきお言葉」

貴族の集まる談話室の一角で、カトレアは上機嫌に口元をほころばせていた。

たったいま発表された決闘のルール。

それが神経質そうな細身の従者——パブロフの根回しにより、とても素敵なものになっていたからだ。

「あちらの頭に血が上るよう計算してしかけた喧嘩とはいえ、カトレア様に口汚い暴言を浴びせた身の程知らずの蛮行は許されるものではありません。決闘が始まる前からやつらの心をたたき折り、立場の違いというものを思い知らせてやるのです」

パブロフは陰険な、しかし見る者が見ればカトレアへの忠誠心100％とわかる表情で口角をつり上げ、根回しの理由を語る。

「うふふ。ただでさえ雑魚の親なしたちをこちらに有利な条件で叩き潰す。いやだわ、決闘までまだ三日もあるのに、いまから楽しみでしょうがないじゃない。こちらが圧勝するのは当然として……わたくしを口汚く罵ったあの小娘、どうやって嬲ってやろうかしら」

うふふ、あはは。

まさに悪巧みに成功した悪ガキといった様子で、邪悪なのか無邪気なのかよくわからない笑みをかわすカトレアとパブロフ。

「はー――――っ」

そんな二人を見て大きな溜息を漏らすのは、《撃滅騎士》の大柄な従者、ダリウスだった。

《騎士》職として絵に描いたような生真面目男である彼は、調子に乗りやすいカトレアと陰湿なやり方を好むパブロフに子供の頃から頭を悩ませることが多かったのだ。

今回の卑怯なルール変更もそうだ。

こちらと孤児組の戦力差は圧倒的で、元々勝負にならないだろうとは思っていた。だが貴族の従者として挑む初めての決闘ということで今回の戦いには少なからず心を躍らせており、パブロフの策を聞いたダリウスはなんだか水を差されたような気分になっていたのだ。

しかし従者である自分がカトレアの大絶賛したその策を無下に否定することもできず、ダリウスはささやかな苦言を呈してみる。

「しかしカトレア様。これほどまでにこちらが有利な条件で勝ったとして、孤児院の者たちが納得するでしょうか」

「ふふ、心配ないわ」

だがカトレアはそんなダリウスの機微など読み取らない。

「向こうが納得しようがしまいが決闘の結果は絶対。それにあの親なしたちにはまだ理解できないでしょうけど、世の中はこういう権謀術数、盤外戦術、後ろ盾の強さも含めて実力と見なされるのよ」

貴族の理屈をのたまい、カトレアは扇子で口元を隠しながら再び愉快そうに哄笑を響かせた。

＊

「クソが！　やりやがったなあの女！」

先ほどまでの盛り上がりが嘘のように、談話室は沈鬱な空気に包まれていた。

いまのいままで管理組合に怒鳴り込んでいたジゼルだけが怒髪天を衝く勢いで備品に八つ当たりを繰り返しているが、それを止めようとする人は誰もいない。

それもこれも、すべてはついさっき発表された決闘のルールが原因だった。

制限時間つきの殲滅戦。

要するに、時間内に相手を全滅させたほうが勝ちというルールになっていたのだ。

しかも時間内に勝負がつかなかった場合は孤児組とカトレアさん勢力で練習場を折半すると

いう条件になっており、引き分けを狙って逃げ回るという選択肢も潰されていた。

カトレアさんたちが僕らより実力のある貴族ということを考えれば、折半なんかしたらそのままずるずると練習場の主導権を奪われるのは間違いない。

僕たちがカトレアさんたちの傘下に下ることなく練習場を守るには、相手を全滅させる以外に道がなくなってしまったのだ。

さらに、決闘の舞台に選ばれたフィールドは森。

演習用に使われる人工林なのでモンスターはいないけど、その見通しの悪さは複数の高火力魔導師と《中級レンジャー》を擁するカトレアさんたちに有利なことこの上ない環境だった。

どう考えても、決闘組合には貴族の息がかかっている。

当然ジゼルは組合に怒鳴り込んだのだけど、結果はほとんど門前払い。

『決闘を行う際には互いの命をある程度保証するための司祭スキル発動に複雑な準備が必要であり、諸々の条件を急には変更できない』というのがその理由だったけど……あまりにもわかりやすい建前だ。

決闘組合はバスクルビアの統治機構とは独立した部分があるようで、ギルドを通じて抗議しようにも三日後に迫った決闘のルールを変更するのはほぼ不可能だった。

「上等だよ……そっちがお望みなら、遠慮無く全員ぶち殺してやる……！」

ジゼルが殺意と怒気に満ちた声を漏らすなか、呆然とする僕の頭によぎるのは、エリシアさんの言葉だった。

『私はモンスターより、人族のほうが厄介だって思うことのほうが多いかな』

＊

「なるほど。それはまた面倒なことになったものだ」

決闘のルールが理不尽なほど貴族側有利なものになってしまったことを報告すると、リュドミラさんは静かにそう言った。

そしてあまりのことに悄然とする僕の頭に手を乗せ、

「いい機会だから覚えておきなさい。西の森でジゼル・ストリングたちに囲まれただけでは実感できなかったようだが……人へ不条理な害をなすのはモンスターだけではないということだ」

「はい……」

諭すようなリュドミラさんの言葉に僕は小さく声を漏らす。

けれどそれを今更痛感したところでもう遅い。

決闘は三日後と決まってもう引き延ばすことなんてできないし、それ以上は修行を積むこともできないのだ。

いくら師匠たちの修行が凄まじい効力を持つとはいえ、三日でできることは限られる。

このままだと本当に僕のせいでジゼルたちが練習場を奪われてしまう。

最悪、そこからずるずるとあの横暴な貴族に傘下入りさせられてしまうだろう。

僕が、復学試験を望んだせいで。

「リュドミラさんお願いです！　なにか良い手はありませんか！」

僕は拳を握り、リュドミラさんに頭を下げる。

「たった三日じゃあ、いくら師匠たちの修行が素晴らしくても、《無職》の僕じゃ間に合わない。けど、身体への負担を度外視したりすれば、なにか手があるんじゃあ……っ！」

世界最強の冒険者ならば、そういうハイリスクな修行にも心当たりがあるかもしれない。

僕は思い詰めたようにそうリュドミラさんに詰め寄った。

けれど、

「……まったく君は。相変わらず他者のためなら自らの身を顧みるということがないのだな」

呆れたような、愛おしいような表情を浮かべたリュドミラさんは次の瞬間、信じられないことを口にした。

「結論から言えば、君の身体を顧みないような修行をする気はないし、する必要もない。なぜなら私は最初から、敵貴族を一人残らず殲滅できる水準を目指して修行をつけていたのだからな」

「……え？」

「ルールが殲滅式？　そんなものは実戦を想定していれば当然だ。フィールドが森であろうと関係ない。《魔法剣士》スタイルからすればむしろ好都合だ」

リュドミラさんがなにを言っているのか、僕は最初理解できなかった。

けれど怜悧かつ好戦的な笑みを浮かべるリュドミラさんの力強い言葉は、安易な気休めでも希望的観測でもない。ただただ事実を述べている口ぶりで。

「無茶な修行も付け焼き刃の奇策も必要ない。君は決闘当日、培ったものを全力でぶつけなさい。大丈夫、残り三日の修行で、君は必ず不条理な存在から仲間を守れるだけの力を身につけられる。なぜなら君は、私が惚れ込み、私が手塩にかけて育ててきた愛弟子だからだ」

「……っ！」

見惚れるほどに綺麗で真っ直ぐな瞳に断言された瞬間、思い詰めて固くなっていた身体が不思議なほどに軽くなる。

「おいこら、リュドミラてめえ、『私の』ってなんだ⁉」

「そこはせめて『わたしたち』でしょぉ⁉」

と、なぜかリオーネさんたちがリュドミラさんに詰め寄る場面はありつつ。

僕は温かくも頼もしい師匠たちに迷いを払拭されたように、残り三日の修行に全力で取り組むのだった。

理不尽な勝負を仕掛けてきた貴族から、孤児院のみんなを守るために。

第四章　魔法剣士

1

そうして迎えた試合当日。

バスクルビアにエリシアさんがやってきてからはじめて行われる貴族参加の決闘ということで、僕たちの戦いはかなりの注目度になっていた。

街を歩けば僕らに気づいた在野の冒険者から囃(はや)し立てられ、そこかしこの酒場では賭けの準備がなされているほどだ。

ただ、今回の決闘は森での団体戦。

直接の観戦が難しいということで、街の酒場では《身代札》と呼ばれるマジックアイテムが並べられていた。

決闘が行われる森林フィールドでは現在、バスクルビアが誇る五人の《上級司祭》が特別な祭壇スキルを起動させて、致命傷でも一撃だけなら気絶ですむ特殊空間になっている。

その救命措置が発動したかどうか……すなわち誰が脱落したかが、この身代札というアイテムの変色でわかるらしいのだ。

　これは僕たちにも事前に配られていて、戦況が逐一確認できるようになっている。

　そうして、街全体が半ばお祭りのように盛り上がりを見せる一方。

　決闘の場である演習林の前に集結した僕たちとカトレアさんたちの間には、ピリピリとした空気が充満していた。

「それでは両者！　決闘前挨拶（あいさつ）！」

　決闘組合とギルドの職員が審判として僕たちの周りに並び、声を張り上げる。

　向かい合って整列する僕らを代表するようにジゼルとカトレアさんが前に出て、そのまま殺し合いに発展しかねない勢いで額を付き合わせた。

「よぉ、よくもやってくれやがったなクソ女。貴族ってのはルールいじらねえと戦えねえような腰抜けの集まりか？　あ？」

「なんのことだかよくわからないわねぇ。ただまあ、誰かさんたちが練習場を独占しているものだから、少しくらいルールを変えたほうが公平だと組合が判断したのかもしれないわ」

　ガンを飛ばすジゼルに、カトレアさんが何食わぬ顔で答える。

「ま、ちょっとご立派な練習場があるくらいで、あなたたちみたいな羽虫が有利になることなんてないと思うけれど」

　と、挨拶を終えて列に戻ったカトレアさんの背後から、軽装の女の子がひょこっと姿を現した。

？　決闘に参加するメンバーじゃないみたいだけど、一体誰なんだろうと思っていると、その子が僕を凝視する。

「っ⁉」

瞬間、ピリッとした違和感が体中を駆け抜けた。

この感覚、もしかして鑑定スキル？

ってことはこの女の子、《商人》なのか……？

「えひっ、えひひひひひひひひひっ！」

と、僕の予想を肯定するように女の子が僕を指さして爆笑しはじめた。

「ひーっ、カトレア様！　このガキ本当にレベル０ですよ！　それどころかステータスまで全部０！　本当にこんな可愛そうな生き物相手に決闘するんですかあ⁉」

どうやらその子はリッチモンド家と取引のある《商人》かなにかだったらしい。

その口ぶりからして僕にかけたのはスキルまでは見通せない《下位鑑定》だったようで、０しか並んでいない僕のステータスを見て腹を抱えている。

「ぷっ、あははははははは！」

そしてその報告を聞いて身体を震わせるのはカトレアさん。それからパブロフさんをはじめとした向こうのパーティメンバーだ。

「本当に、本当に《無職》ってレベルもステータスも０なのね！　くっ、あはははは！」

「こんな雑魚に負けた小娘が、よくも偉そうにカトレア様を侮辱できたものだ」

どうやら僕のスキルを探るとかではなく、純粋にバカにするためだけにわざわざ《商人》を連れてきていたらしい。

でなければさすがに、決闘前の鑑定などギルド職員が咎めていただろう。

「……っ」

《無職》の僕をバカにするだけならまだしも、ジゼルまでバカにするようなその哄笑に改めて反論したくなる。けど、ジゼルに腕を引かれて僕はぐっと我慢した。

油断してくれるなら好都合。

「「……」」

僕はジゼルとうなずき合い、そのまま黙って引き下がった。

背中にカトレアさんたちの嘲笑を受けながら、僕は修行の成果を共有すべく、ジゼルにだけステータスプレートを開示する。

固体名：クロス・アラカルト　種族：ヒューマン　年齢：十四
職業：無職
レベル：０

力：0　防御：0　魔法防御：0　敏捷：0
（攻撃魔力：0　特殊魔力：0　加工魔力：0　巧み：0）

直近のスキル成長履歴

《防御補正Lv9（＋77）》　→　《防御補正Lv10（＋86）》
《俊敏補正Lv9（＋76）》　→　《俊敏補正ⅡLv2（＋100）》
《攻撃魔力補正Lv7（＋56）》　→　《攻撃魔力補正ⅡLv1（＋92）》
《魔防補正Lv1（＋7）》　→　《魔防補正Lv2（＋15）》
《身体能力強化【小】Lv8》　→　《身体能力強化【中】Lv1》
《緊急回避Lv9》　→　《緊急回避ⅡLv1》
《身体硬化【小】Lv7》　→　《身体硬化【小】Lv8》
《体外魔力操作Lv4》　→　《体外魔力操作Lv6》
《体外魔力感知Lv4》　→　《体外魔力感知Lv6》

《商人》の女の子が盗み見たように、相変わらずレベルもステータスも0。
けれどそのあとに表示されるスキル欄は、リュドミラさんたちのおかげで見違えるような成長を遂げていた。

なかでも特徴的なのは、【中】とかⅡとかの表示がついているスキルだ。

これはLv10を超えた下級スキルが発展し、より上位の中級スキルが発現したという証。

ただのLv上昇とは比べものにならない威力や精度の上昇を示すものだ。

そうして発現した中級スキルのなかにはリュドミラさんから新たに授かった強力な風魔法もあり、僕は改めて自分の積み重ねてきたものを噛みしめる。

「相変わらず化け物じみた成長速度してやがる……レベルアップ時のスキルボーナスもねえくせに、この短期間にいくつ中級スキルを獲得してんだ……」

ジゼルが僕のステータスプレートを見て戦慄したように漏らす。

けれどすぐに表情を引き締めると、静かに檄を飛ばした。

「……よし、絶対に勝つぞ」

「うん」

師匠たちの指導のもと、やれることは全部やった。

けれど完全なる格上の集団を相手に勝てるかどうかはやってみなければわからない。

(すべては師匠たちから授かった教えを僕が十全に発揮できるかどうか)

危険度4と対峙したときとはまた違う緊張感に包まれながら、僕たちは森の中の決闘開始位置についた。

＊

クロスたちが緊張の面持ちで決闘開始位置につくのとは対象的に、カトレアたちはまるでピクニックにでも行くかのような軽い足取りで森の中に分け入っていた。

ギルド職員に先行されて決闘開始位置に到着したあともその空気は弛緩したまま。

いつもの訓練に従って陣形こそ立派に展開するも、パーティメンバーはまるで休憩中かのように雑談に花を咲かせている。

「は――っ」

わいわいとした空気のなかに、ダリウスの溜息が混じる。

本来ならばどれだけ結果が見えている戦いであっても気を引き締めてしかるべきだし、ダリウスは常日頃からそのように周囲に言い聞かせているのだが……今回ばかりはあまりおおっぴらに小言を言うわけにはいかなかった。

なにせ主であるカトレアがもっとも気を抜いているからだ。

あろうことか《中級聖職者》に運ばせたらしいティーセットで一杯やっている始末。

ピクニック気分どころか完全にピクニックそのものである。

ダリウスは額を押さえながら口を開いた。

「カトレア様、繰り返しになりますが、くれぐれも油断は禁物です」

煌びやかな装備に身を包む主の傍らに跪き、いかめしい表情で具申する。

「どうやったのかはわかりませんが、あの《無職》がジゼル・ストリングを下したというのは紛れもない事実。たとえレベルとステータスが0だろうと、なにかしら特殊な戦闘手段はもっていると考えるべきです。場合によっては足下をすくわれる可能性も0ではありません」

「ダリウス、あなたわたくしをバカにしているの？　そのくらいわかっているわ。いままで散々《無職》をバカにしてきたのは、単純に楽しかったからよ」

紅茶に口をつけながら、カトレアが「ふふん」と鼻を鳴らす。

「けど仮に、あの《無職》が状況次第で下級職だった頃のジゼル・ストリングに勝てる手段をもっていたとして、この戦力差と殲滅戦ルールでわたくしたちがどうやって負けるというの？　ねえパブロフ」

「その通りですカトレア様。この戦力差が覆るなど、天地がひっくり返ってもあり得ますまい」

「……」

それについてはダリウスも言葉を返せなかった。

こちらはレンジャーや聖職者といったサポート要員も含めて全員がレベル20を超えた中級職。さらには威力特化属性である爆撃魔法を操るカトレアを中心に、三人もの中級魔法職を擁する火力重視部隊だ。

対して敵方はそのほとんどがわずか二か月ほど前に《職業(クラス)》を授かったばかりの下級職で、そのうちの一人は最弱無能職と名高い《無職》である。

唯一の懸念は中級職にあがったばかりのジゼル・ストリングと彼女が隠し持っている固有(ユニーク)スキルくらいだが……どんな強力なスキルでも、それだけでこの戦力差がどうこうなるはずもない。

それでもダリウスは騎士として油断すべきではないと思うのだが、それは相手への敬意や万が一に備えた騎士の本能によるところが大きく、筋道立てて主に納得させるほどの理屈はないのだった。

そうしてダリウスが余裕綽々(しゃくしゃく)の主たちへ何度目になるかわからない溜息(ためいき)を漏らした頃。

——両者位置についたでしょうか。

《音響魔導師》が拡声した声により、決闘ルールの最終確認がなされる。

そしていくつかの注意事項や禁則事項が改めて説明されたのち。

——それでは両者、冒険者の聖地に恥じぬ戦いを……決闘開始！

戦いの幕が切って落とされた。

「さて、それじゃあ行こうかしら」

しかしその段階になってもカトレアたちの間に緊張感は欠片もない。

《中級レンジャー》が周囲を広く探知する以上、奇襲に警戒する必要さえないからだ。

そうしてカトレアたちが悠々とした足取りで森の中を進んでいたところ、

「カトレア様。発見いたしました。南の方角、距離三百。孤児どもです」

試合開始早々、《中級レンジャー》がひとかたまりになっている対戦相手を発見した。

その報告にカトレアが爆笑する。

「ぷっ、あはははははは！　魔法を警戒してバラけるかと思えば、そんな知能もないのかしら。それとも《中級レンジャー》の索敵範囲は予想外？」

あるいはバラけたところで勝機はないと見て総力突撃の玉砕にでも賭けたのか。

いずれにしろその判断は大失敗もいいところだ。

「一網打尽よ。――爆滅の光明　轟く熱砂　我が中命に従い世界を揺らせ　黒き栄光　光の暴威　舞い散る欠片は破壊の証明　砕け散る炎熱に残る者なし――」

唱え紡ぐは破壊の調べ。

攻撃範囲よりも威力を重視した爆撃スキルの旋律だ。

「――中級爆撃魔法《イオルガン・エクスプロード》！」

瞬間、魔法威力増大効果を持つ杖の先端から生み出されたのは、破壊のエネルギーが詰まった巨大な光球。

それはカトレアの意思に従い森を飛び越え、孤児たちのもとへと一直線に向かっていった。

「あっけない。これで終わりね」

無様に吹き飛ぶ孤児たちの姿を想像し、カトレアは口角をつり上げた。

そのときだった。

「……え？」

突如として降りかかったそのあり得ない現象に、カトレアは思わず声を漏らす。

「なにこれ……？　魔法の感覚が、消えた……？」

いや、これはまるで主導権を奪われたかのような……。

しかしカトレアのその考察がそれより先に進むことはなかった。


ゴオオオオオオッ！


彼女の頭上に、先ほど孤児たちへ放ったはずの光球が凄まじい勢いで戻ってきたからだ。

直撃すれば上級職にさえ大ダメージを与えるだろう破壊の塊が。

「は…………………………？」

カトレアがぽかんと頭上を見上げ、間の抜けた声を漏らした、次の瞬間。

「お逃げくださいカトレア様ああああああ！」

ドッゴオオオオオオオオオオオオオオオオオオン!!

カトレア自慢の爆撃魔法がその威力を遺憾なく発揮し、彼女らの視界を真っ白に染めあげた。

2

周囲は酷い有様だった。

木々は吹き飛び地面は抉れ、周囲には焼け焦げた匂いが立ちこめている。

その様子はさながら森の中にいきなり噴火口が出現したかのようで、爆心地では地面の焼ける音がシューシューと響いている。

そうしてなにもかもが消し飛んでしまったかのような惨状にあって、咄嗟に爆発の中心から逃れた一つの影が勢いよく立ち上がる。

大柄な《撃滅騎士》の従者、ダリウス・ロックロンドだ。

爆発の余波で吹き飛びあちこちを強打しているものの、防御に秀でたその身体に目立った外傷はない。

それよりも心配なのは、

「ご無事ですかカトレア様!?」

「ダ、ダリウス……っ」

その胸に抱えてどうにか守り通した主にダリウスは呼びかける。

幸いにして、その華奢な身体には傷ひとつない。

守りに秀でた騎士の面目躍如だ。

しかしカトレアは顔面を思い切り殴られたかのように目を見開き、愕然と声を震わせていた。

「な、なにが……一体なにが起きたっていうの……!?」

「わかりません……ですが、状況を鑑みるに、カトレア様の魔法が跳ね返されたとしか……!」

「は、はぁ!?　なにを言っているの!?　そんなことあり得ないわ！」

ダリウスの言葉が受け入れられず、カトレアは混乱しきった様子で喚き散らした。

だが先ほど確かに感じた、魔法の主導権を失うような感覚。

そしていましがた自分たちの身に降りかかった大爆発。

考えられる可能性はそう多くない。

いくら受け入れたくなくとも、それらの情報はカトレアに一つの真実を突きつけてきた。

まさかダリウスの言う通り、本当に魔法が跳ね返されたというのか。

だとしたらジゼル・ストリングが隠し持っているという固有スキルは……！

「ふざけるんじゃないわよ……！　全員すぐに立ちなさい！　あの生意気な女をいますぐ仕留めるのよ！　魔法反射さえどうにかすれば……いえ、仮に魔法を封じられたままでも、ここにいる近接職だけでヤツらを圧倒できるんだから！　いますぐ奴らに目にもの見せてやりなさい！」

自慢の魔法を利用された怒り、まさかの不意打ちで無様を晒してしまった屈辱に顔を歪めながら、カトレアが周囲に呼びかける。

爆発魔法の反射を受けて生き残ったのはカトレアとダリウスだけではなかった。

直前まで完全に油断していたとはいえ、仮にも貴族に使える中級職たちだ。

「くそっ！　くそっ！　どうなっているんだ一体！」

レベル26のパブロフはもちろん、ほかのパーティメンバーもカトレアの檄を受けてどうにか立ち上がる。

「ぐ、うぅ……」

だがその大半は、ダリウスやパブロフのようにダメージ軽微とはいかなかった。

カトレアの放った爆発魔法の威力と範囲は中級魔法としては破格であり、多くの者がかなりのダメージを受けてしまっていたのだ。

そのうえ、よりにもよって回復役の《中級聖職者》が倒れたまま立ち上がらない。身代札の色も変わっている。完全な戦闘不能に陥っていた。

「くっ、まさかこんなことになるとは……！　全員手持ちのポーションを飲みながら陣形を再構築！　体勢を整えてすぐに反撃に出るぞ！」

パブロフが三白眼を見開き、口角泡を飛ばして陣頭指揮を執る。

と、彼らが混乱覚めやらぬままどうにか陣形を立て直そうとしていたとき。

《中級レンジャー》が焦ったような声を発した。

「パ、パブロフ殿！　敵が一人、猛スピードで近づいてきます！」

「なに!?」

恐らく、跳ね返された魔法の軌道と爆発からこちらの居場所が筒抜けになったのだ。

近づいてくる速度からして、相手は間違いなく近接職。

斥候か、あるいはこちらの混乱に乗じて戦力を刈り取る気かとパブロフたちは即座に守りを固めた。

特にリーダーであるカトレアの周囲にはダリウスとパブロフが張り付き、鉄壁の陣を構築する。

だが、

「なんだ……？　なぜ近づいてこない？」

ダリウスが首を傾げた。

森の木々の向こうには確かに気配がある。

もはや《中級レンジャー》の探知スキルに頼るまでもなく、何者かが自分たちの周囲をガサガサと駆け回っている音がはっきりと聞こえてくるのだ。

しかし敵は一向にこちらへ襲いかかってこない。

混乱に乗じた奇襲が目的なら即座に突っ込んでくるはずだし、斥候ならああも派手には動かない。どういうことだとダリウスたちが気味の悪いものを感じていた、そのときだった。

木々が揺れ、なにかがこちらに突っ込んでくる。

「っ！　来た！」

その気配にダリウスたちは近接職が突っ込んできたのだと身構える。

しかしそれは、敵が、近接職だ、という先入観による完全な判断ミスだった。


ゴオオオオオオオオオオオオオッ！


「なっ!?」

その場の全員が目を剥いた。

なぜなら木々をかき分けこちらに突っ込んできたのは近接職などではなく——三つの竜巻が絡み合う風の槍だったからだ。

「なん……があああああああああああああっ!?」

せっかくポーションを飲んで回復したばかりの《騎士》二人にその魔法がかすり、大きく吹き飛ばされる。

「くっ、ふざけやがって――ぐあああああああああああっ!?」

さらに森フィールドの要である《中級レンジャー》をかばったレベル20の《騎士》が魔法の直撃を食らい撃沈。そのままピクリとも動かなくなった。

「あり得ぬ……!　なんだこれは……!?」

パブロフが愕然と声を漏らす。

こんなにも強力な風魔法の使い手など、向こうの陣営にはいなかったはず。

いや仮にこちらが見落としていた魔法職がいたとして……自分たちの周囲をいまなお旋回し続けている何者かの移動速度はなんだ?

上級魔法職や最上級魔法職ならまだしも、森の中を近接職並みの速度で動き回る中級魔法職などいるわけがない。

いやだが、実際にそれは〝いる〟のだ。

ザザザザザザザザザ!

得体の知れないその砲手はいまなお魔法職にあるまじき速度で森林内を動き回り、魔法を撃つタイミングを計っている。こちらに姿を見せることなく、補捉させることなく。

こちらが魔法を封じられているにもかかわらず、向こうは森の闇に紛れ、一方的に強力な攻撃を放つ機会をうかがっているのだ。分が悪いどころの話ではなかった。

「ぐっ……!?」

見通しの悪い森というフィールドを選んだことが完全に裏目に出ているという事実に、パブロフが顔を歪ませる。

「どうなってるの!?　どうなってるのよこれは!?」

次々とパーティメンバーが脱落していく惨状に、カトレアが涙目で悲鳴をあげる。

その恐慌はパーティメンバーにも波及し、士気にも影響しかねない有様だった。

「ぐっ、やむを得ん、隊を二つに分けるぞ!　森に潜む魔導師を仕留めろ!」

パブロフが叫び、生き残ったレベル20の《騎士》二人と索敵要員の《中級レンジャー》が隊から離れる。

本来なら万全を期すためにダリウスかパブロフが出向くところだが、彼らは貴族パーティ。主であるカトレアの守りを疎かにするわけにはいかなかった。

パブロフとダリウスは自らの背にカトレアと生き残った二名の魔法職を隠し、全方位に警戒を向ける。

だがそうして、《中級レンジャー》と《騎士》二人が森へ分け入っていった直後のことだった。

ザザザザザザザザザザザザザザザ！　ダン！


「え……？」

それは平面的な全方位警戒などまったくの無駄だと言わんばかりに――空を跳んでダリウスたちの頭上を飛び越えた薄紫の人影が、カトレアの眼前に風を纏って着地していた。

3

ドッゴオオオオオオオオオオオオオオオオオン!!


「っしゃ！　行ってこいクロス！」

「うん！」

ジゼルの跳ね返した魔法が着弾すると同時。

クロスは事前の打ち合わせ通り自らに《身体能力強化【中】》をかけ、敵陣へと駆けていた。

その狙いはもちろん、ジゼルの《慢心の簒奪者》によって混乱する敵パーティへの追い打ちだ。

だが、森の中を駆け敵勢を補捉してもすぐに切り込んだりはしない。

怒号の上がる敵陣から一定の距離を保って移動を続け、相手にこちらが近接職であるという印象を植え付けながら、クロスは詠唱を紡ぐ。

「我に従え満ち満ちる大気　手中に納めし槍撃　その名は暴竜　来たれ一陣の風　一陣の風　一陣の風　猛り集いし渦巻く旋風　三頭の竜がもがく空　逆巻く暴威に手綱を通し　我が砲撃となりて敵を討て――《トリプルウィンドランス》！」

そうしてクロスの手から放たれるのは、三つの竜巻が互いを食い合うように固まって突き進む風の槍。

Ｌｖ10に達した《ウィンドシュート》から派生した強力な中級風魔法だ。

すでにＬｖ２となっている風槍は獰猛な威力を発揮し、木々を突き抜けて敵陣を食い破る。

「なん……があああああああああっ!?」

彼方から悲鳴があがり、その混乱がさらに加速していくのが見て取れた。

「よしっ！」

身代札で敵が一人脱落したのを確認してクロスは拳を握る。

そしてさらに敵勢を削るべく森の中を動き回りながら再度《トリプルウィンドランス》の発射準備をはじめるのだが――その詠唱はすぐに中断することになる。

「……来たっ」

こちらを魔法職だと考え直した敵勢がこちらに追っ手を放ってきたのだ。思ったよりもずっと対応が早い。

だがそれもこちらの狙い通り。

むしろ願ったり叶ったりの流れだった。

クロスは追っ手から逃げる素振りを見せながら、さらなる詠唱を口ずさむ。

それは世界最強の魔導師から授けられた、殺傷力0の必殺スキルだ。

「纏え羽衣　かいなの空隙　舞い散る花弁をさらうがごとく　比翼の鳥を語るがごとく　流れ消え去る明朝の運び屋――中級風魔法Lv1――《風雅跳躍》！」

攻撃魔法よりもずっと短いその詠唱を終えた瞬間、クロスの身体が風に包まれた。

殺傷力は0。しかしそのとてつもない突風はクロスの背を押し、《身体能力強化【中】》の力で跳躍した彼の身体をさらに上空へと押し上げる。

森の木々を突き抜け、普通の近接職が決して到達できるはずのない高みへと。

中級風魔法《風雅跳躍》。

それは風の力によって使い手の移動や跳躍の補助を行う、機動力強化に特化した特殊な風魔法だ。

飛行ではなくあくまで跳躍。

空中では風を使った多少の方向転換と着地地点の微調整ができる程度の性能で滞空時間は

微々たるものだが――こと集団戦においてはその単純な機動力強化が戦局を決定づけるのに十分な威力を発揮する。

「――見つけた」

空中へと躍り出たクロスは、爆撃魔法で生じた開けた空間で防御陣を組む敵勢を目視。

その中に、最優先で討ち取るべき人物を確認する。

敵の大将であるカトレア・リッチモンドだ。

貴族パーティにとって主君の安否は絶対優先条件。

敵大将のカトレアを討ち取れば、それだけで敵の戦意を打ち砕く決定打になりうるのだ。

ザザザザザザザザザザザザザザザザザ！　ダン！

そうしてクロスは圧倒的な機動力で森の木々を、そしてあろうことか中級騎士たちの堅固な防御陣をも悠々と跳び越え、カトレアの眼前に着地した。

「……え？」

完全なる奇襲を受け、カトレアはなにが起きたのかさえわからずぽかんと口を開けるのみ。

（とった……！）

クロスは確信とともにショートソードを振るう――だが。

ギイン！

その攻撃は、紙一重のところで大ぶりな両手剣に阻まれた。

＊

「ひっ⁉　ひいいいいいいいいいいいいいいいいいいっ⁉」

剣戟の音から数秒遅れ、いま自分がやられかけたことを理解したカトレアが悲鳴をあげた。

ギギギ、と眼前でつばぜり合いを続ける剣と剣の気迫に戦くように腰を抜かし、その場から離れようと必死に地面を這いずっていく。

その貴族の令嬢にあるまじき痴態に目をやる余裕もなく、クロスは悔しげに声を漏らした。

「くっ……さすがにそう簡単にはいかないか……っ！」

まさかいまの奇襲が防がれなんて……と驚愕に表情を歪めるクロス。

だがそんな少年の剣をそれ以上の驚愕をもって受け止めていたのは《撃滅騎士》の従者、ダリウスだった。

「風魔法による跳躍だと……⁉　ならばまさか、先ほどの風魔法攻撃も貴様の仕業だというのか……⁉」

ダリウス自身、自分で口にしていてまるで現実味のない問いかけだ。

当然、敵同士であるクロスからの返答はない。

だが目の前の《無職》の力強い双眸と睨み合うわずかな時間で、ダリウスは完全にすべてを察していた。

間違いない、こいつだ。

（不覚……！　完全なる不覚！　《無職》でありながらジゼル・ストリングを下したというこの男をこそ、我々はもっと警戒しなければならなかった！　最も警戒しなければならなかったのだ！）

信じがたい事象に混乱する自分を落ち着けるように、ダリウスの脳裏に思考が弾ける。

（繊細かつ高出力の魔法スキルに、近接職としか思えないこの力……どうすれば最弱無能職である《無職》がこれほどまでスキルを伸ばせるのか理解不能だが、いまこうして我々を脅かしているのは紛れもない事実。これはカトレア様を諫めながら、心のどこかで彼を侮っていた私自身の失態だ！）

ダリウスは大きく深呼吸を繰り返す。

そして混乱を断ち切るように、《撃滅騎士》の膂力を一気に解放した。

「――おおおおおおおおおおおおおおおおお！」

「っ！　うぐっ!?」

補正スキルと《身体能力強化【中】》で力を底上げしているはずのクロスが大きく弾き飛ば

される。

そうしてクロスの奇襲が完全に失敗したのを見て、ダリウスが大きく声を張り上げた。

「パブロフ！　全力でカトレア様をお守りするぞ！　森に入った者どももいますぐ戻ってこい！　この男を囲んで最優先で潰す！」

森の木々が震えるほどの大音声。

まだそこまで深く森を進んでいなかった《騎士》二人と《中級レンジャー》は即座にその声に応え、全方位からクロスを取り囲む。

だが、

「……っ！　《身体能力強化》！　《緊急回避》！」

「この……っ！　ちょこまかと……！」

「なんだこいつは⁉　本当に《無職》なのか⁉」

ひたすら回避に専念するクロスを誰一人捉えることができない。

それどころか回避スキルも交えて舞うように攻撃を躱すクロスの動きに、ダリウスたちは完全に翻弄されていた。

のらりくらりと攻撃を躱し続けるクロスの脳裏をよぎるのは、格闘戦最強の師匠の教えだ。

（よし、リオーネさんの言ってた通りだ！　守りに秀でた《騎士》職は逃げる敵を追うのに慣れてない！　混乱の真っ最中ならなおさら……！）

そうしてクロスは奇襲に失敗したにもかかわらず、体勢を立て直すでもなくカトレアを狙うでもなく回避を続ける。

「ぐっ、ひたすら躱すだけとはどういうつもりだ貴様……！」

と、そんなクロスにダリウスが違和感を抱いた、そのときだった。

「っ！　パブロフ殿！　ダリウス殿！」

周囲の警戒に当たっていた《中級レンジャー》が悲鳴をあげた。

「八人、九人……そこの《無職》を除いた孤児ども全員がこちらに向かってきます！」

「なんだと!?」

そこでダリウスはようやくクロスの狙いに気づく。

奇襲に失敗したこの《無職》は次善策として、本隊が合流するまでの時間稼ぎをしていたのだ。

「マズイ……！」

そのほとんどが下級職とはいえ、ここで魔法持ちの敵集団に合流されるのは非常に危険だった。

こちらは爆発魔法と風魔法によって深刻なダメージを蓄積しているうえに、最大戦力である魔法スキルを封じられているのだ。

そのうえ陣形のど真ん中に現れたクロスの存在も、こちらの立て直しを著しく阻害していた。鉄壁の防御陣は破られたことがほとんどないゆえに、内部に敵の侵入を許した際の対処が極端なほど苦手だったのだ。

こんな状況でジゼル・ストリングを有した敵本隊から総攻撃を食らえば、万が一もあり得る。

形勢の著しい不利を自覚したダリウスは怒鳴りつけるように叫んだ。

「お逃げくださいカトレア様！　体勢を立て直すのです！　敵方の主戦力であるこの男は私が引き受けます！　体勢さえ立て直せば、我々の残存勢力でジゼル・ストリングたちを十分に相手取れるはず！　パブロフ、みなを率いて先に行け！　あとで必ず追いつく！」

「……っ！　くそっ！　くそっ！――くそっ！　孤児どもが調子にのりおって！」

ダリウスの言葉を受けたパブロフが怨嗟のような悪態をつく。

だがそれでも戦況を冷静に受け止めた彼は、いまだ混乱覚めやらぬカトレアとほかの従者たちを率いてその場を離脱しはじめた。

「っ！　待て！」

クロスが《緊急回避Ⅱ》を応用した変速軌道でダリウスを躱し、カトレアたちを追おうとする。だが、

「悪いがここを通すわけにはいかん！　《オブスタクルチャージ》！」

「っ！」

全身金属鎧に包まれたその巨体からは考えられない速度でダリウスに回り込まれ、クロス

の足が止まる。

《緊急回避》とはある意味で真逆。敵からの攻撃をすべて受け止めるための移動系騎士スキルだ。先ほどの奇襲もこのスキルによってギリギリ防がれてしまったのだろう。

ダリウスの放つ気迫は尋常ではなく、簡単には通してくれそうになかった。

ここで彼を倒さねば先には進めない。

しかしそれならそれで、クロスとしては望むところだった。

（どのみち全員倒さなきゃ、僕たちの勝ちはないんだから……！）

逃げ出したカトレアたちへの追撃はジゼルたちに任せ、クロスは目の前の偉丈夫と睨み合う。

レベル26、攻撃と防御に秀でた格上の《撃滅騎士》と。

「「……っ」」

そうして互いの出方を窺うような長い数瞬が過ぎ去ったあと——先に仕掛けたのは時間に余裕のないクロスのほうだった。

「《切り払い》！」

剣戟を強化するスキルを発動させ斬りかかる。

しかしその攻撃はいとも容易くはじかれた。

「中級スキル——《膂力強化》！《剛体法》！《纏硬化》！」

もともと高い《撃滅騎士》の力と防御を底上げし、さらには身につけた鎧ごと物理防御を引き上げる中級スキルの重ねがけ。

それによってダリウスはクロスの剣戟を身体で受け止め、あろうことか剣先に頭突きでも繰り出すような勢いで突進してくる。

「くっ、ああああああああああっ！」

クロスがさらに剣を振るうが、何発叩き込もうが関係ない。

ガガガガガギンッ！

ダリウスは防御に剣など使わない。

鎧を纏ったその身一つでクロスの攻撃を完全に防ぎ、強引に距離を詰めて剣を振り上げた。

瞬間、クロスの肌がザワリと泡立つ。

――《重戦士》は基本的に、防御重視でスキルを鍛えてることが多いんだ。でもって一発だけでかい攻撃スキルを磨いてたりする。

脳裏によぎったリオーネの言葉を思い出し、咄嗟に身構える。

その刹那、

「ぬああああああああああっ！　中級剣技《巨岩落とし》！」

ボゴオオオオオオオッ！

ダリウスの振り下ろした両手剣が地面を爆砕した。

「ぐっ!?　《緊急回避》！」

師の教えのおかげでかろうじて避けるも、吹き飛んだ土砂がクロスを襲う。

弾けた土砂はダリウスにも襲いかかるが、その高い防御は攻撃の余波で生じたつぶてなど意に介さない。

「おおおおおおおおっ！　《巨岩落とし》！」

怯んだクロスへ向け、ダリウスはさらに突進と重撃を繰り返す。

威力重視で隙だらけな攻撃ではあるが、自らの高い防御に信をおいて突き進むその気迫は下手な反撃など許さない。いや仮に反撃に成功したとして、ろくなダメージは与えられないだろう。これが防御に秀でた《騎士》系統の恐ろしさだ。

厚い防御でこちらの攻撃を潰しつつ、強引に重い一撃へと繋げる。

その戦闘はまさに知性あるロックリザード・ウォーリアー。

強引にも見える攻撃は確かな研鑽、フェイント、読み合いに裏打ちされたものであり、モンスターの単純な攻撃とは一線を画す精度でクロスを追い詰める。

「ぐ、うぅ……！」

その重厚な戦闘は、機動力を重視して鍛えられたいまのクロスとは致命的なまでに相性が悪かった。

ロックリザード・ウォーリアー戦と同様、長引けば長引くほど攻撃が直撃する確率も上がり、不利になることは間違いない。

ゆえにクロスは、すぐさま戦術を切り替える。

「我に従え満ち満ちる大気　手中に納めし槍撃　その名は暴竜――」

ダリウスから距離を取り、敵を倒す唯一の手段――《トリプルウィンドランス》の詠唱を開始する。

だが、

「……っ！　させるものか！　《オブスタクルチャージ》！」

回り込む騎士スキルを応用し、ダリウスが即座に距離を詰めてきた。

「舐めるなよ……！　近接職による守護もなしに、その長い詠唱を完遂できると思うな！」

勝敗を決するに十分な威力を持っているとつい先ほど思い知らされた中級魔法。

そんなものをみすみす発動させるわけにはいかないと、ダリウスが両手剣を振り回す。狙いはクロスのみぞおち。

その周辺に少し攻撃がかすめただけで呼吸が止まり、詠唱は中断されるだろう。

複雑な攻防と気迫にさらされ、詠唱の完遂は至極難しいものになる。

――普通なら。

だがそのとき――誰の影響を受けたのやら――ダリウスの詠唱妨害に晒されたクロスは好

戦的に口角をつり上げていた。

（リュドミラさんの言ってた通りだ……！）

――いいかクロス。強力な魔法を持つとわかっている魔法職が詠唱を口ずんだなら、誰もがそれを止めようとする。そして詠唱を止めるために人が咄嗟に狙うのは、顔面、喉、あるいはみぞおちだ。そして敵の攻撃がどこを狙っているのか事前にわかれば、それがたとえ格上からの攻撃であろうと、容易に剣筋を読むことができる。すなわち――

「《クロスカウンター》！」

すなわち、避けるも防ぐも、あるいはカウンターをあわせることさえ自由自在！

先ほどは複数の中級職に囲まれていたがゆえに実行できなかった攻撃を、クロスは全力で叩き込んだ。

《撃滅騎士》であるダリウスの力をも利用して放たれる強力無比な一撃だ。

「なん――ぐあああああっ⁉」

顔面にショートソードの柄を叩き込まれ、ダリウスの巨体が大きく吹き飛ぶ。

血反吐を吐きながら何度も地面を転がり、しかしダリウスはかろうじて上体を起こす。

「貴様……まさか詠唱を囮に……⁉　いやそれより、カウンタースキルだと⁉」

予想外に過ぎる一撃に、ダリウスの表情が大きく歪んだ。

カウンターとは別名、《貴族の特殊スキル》。

相手からの攻撃を利用するという性質上、習得の過程で何度も何度も攻撃を食らうことになるため、中級以上の《聖職者》を長期雇用できる者にしか体得できないスキルと言われているからだ。

また仮にそうした経済力がある者でも、習得過程の痛みや失敗の恐怖から投げ出してしまう者が多く、貴族出身の近接職でもカウンター系統のスキルを持つ者は多くない。

だというのに……。

「魔法スキルと近接スキルの両立といい、《職業》を授かったばかりの孤児がどうやってこんな……!?」

痛烈な一撃をもらったという事実も加わり、ダリウスは酷く混乱する。

だがいまはそんな疑問に捕らわれているときではない。

カウンターは強烈だったが、《撃滅騎士》の自分を倒すほどの威力ではなかったのだ。

まだ負けたわけではない。

勝機は十分にある。

カウンターは注意さえしていればさほど恐ろしいスキルではないのだ。

すぐに頭を切り替え、ダリウスは反撃に転ずべく立ち上がろうとした——そのとき。

彼はようやく気づいた。

「な……!?」

その強力なカウンタースキルでさえ、本命の攻撃に繋げるための布石でしかなかったことに。

「――逆巻く暴威に手綱を通し　我が砲撃となりて敵を討て――」

「詠唱が……途切れることなく続いている……!?」

それは近接スキルと魔法スキルを両立できるふざけた存在と対峙したことのないダリウスにとって、予測できるはずのない異常事態。

警戒のしようもない完全なる不意打ち。

まるで近接職が《身体能力強化》を発動させ続けた状態で別の攻撃スキルを放つことが当たり前であるように、クロスはカウンターを発動させながら呪文詠唱を継続していたのだ。

「――ぐっ！」

驚倒は一瞬。

得体の知れない化け物を前にした畏怖で身体が固まったのは数瞬。

ダリウスはすぐに身体を起こし、決死の表情で距離を詰めようと全力で駆ける。

だが――《クロスカウンター》によって生じた致命的な数秒は、実戦の中では永遠にも感じられる魔法の詠唱をいとも容易く完成させてしまっていた。

「──《トリプルウィンドランス》！」


「がっ!?　ああああああああああああああああああああああっ!?」

真正面から襲い来る三本の風槍。

その威力は全身鎧を身に纏ったレベル26の《撃滅騎士》にも耐えられるものではなく──ダリウスの分厚い身体が嵐の中に飲み込まれる。

ズガガガガガガガガ！

地面を抉り木々をへし折り、三本の風槍が破壊の限りを尽くして消え去ったあと。

鎧をひしゃげさせたダリウスは地面に投げ出され、ピクリとも動かなくなっていた。

「や、やった……？」

身代札でダリウスの気絶を確認したクロスが声を振り絞る。

「やった……やりましたよリュドミラさん！」

ジゼルに助けてもらったロックリザード戦とは違う。

本当の一対一で中級職レベルの相手を打ち負かした喜びに、クロスは師の名を叫びながら勝ち鬨をあげるのだった。

4

「いつまで逃げるつもりだこのクソアマアアアアアアアアアアアアアっ⁉」

「いやああああああああああああああああああああああっ⁉」

クロスとダリウスが一騎打ちを演じるその裏で、カトレアたちはモンスターのような咆哮をあげる孤児の少女、ジゼルから必死に逃げ回っていた。

「どうしてこんなことに！　どうしてこんなことに⁉」

半泣き状態で喚き散らしながら、カトレアは森の中をがむしゃらに突き進む。

ただひたすら、背後から尋常ではない殺気をまき散らして迫るジゼル・ストリングを振り切るために。

しかしいままで感じたことのない恐怖と混乱に苛まれるカトレアはろくに手足を動かすこともできず、何度も転んでは従者たちに引き起こされてを繰り返していた。

豪奢な装備もいまは泥まみれで、とてもではないがパーティリーダーとして陣頭指揮を執れる状態ではない。

「ぐっ、しつこい！　これではいつまで経っても体勢を立て直すどころではないぞ……！」

カトレアに代わって全体の指揮を執る細身の《瞬閃騎士》、パブロフは後方を振り返りながらギリッと奥歯を嚙みしめた。

あまりにも形勢が悪すぎるのだ。

ほとんどが下級職とはいえ、敵パーティはダメージ０で数も上。

こちらは全員中級職だが、先ほどの風魔法と反射された爆撃魔法で負傷した者が多く、下級職の追撃を振り切れないほどにパーティ全体が弱体化していた。

さらに、こちらが敵の固有スキルによって魔法を封じられているにもかかわらず、孤児パーティのほうは問題なく魔法を行使できるというこの一方的な状況。

いまも背後からは「ウォーターカノン！」「ファイアシュート！」と下級魔法が飛んできており、そのたびにカトレアが悲鳴をあげてすっ転ぶ。

体勢を立て直すどころの話ではなかった。

一か八かの反撃に出る、というのも危険すぎる。

こちらの陣形を滅茶苦茶にしたあの《無職》の力が本物だとすれば、攻撃特化の《撃滅戦士》ジゼル・ストリングの実力も考え直さねばならない。向こうが一方的に魔法を放てるいまの状況と合わせて考えれば、破れかぶれの安易な反撃など自殺行為でしかないのだった。

「ひいっ!?　な、なんとか！　いますぐなんとかしなさいパブロフ！」

頭上をかすめた火炎魔法に悲鳴をあげながらカトレアがが叫ぶ。

「な、なんとかと言われましても……」

主に泣きつかれてパブロフは途方に暮れる。

せめてここにパブロフと同格の近接職であるダリウスがいればまた状況は違ってくるのだが、ないものねだりをしても仕方がない。

考えられる作戦といえば、あとで必ず追いついてくるだろうダリウスと合流するまでカトレアを死守することくらいだが……魔法職であるカトレアの体力がそれまで保つかどうか、パブロフには判断がつかなかった。

仮にも中級職であるカトレアの肉体は決して貧弱ではない。

だが足下の悪い森の中で孤児たちに追われ平静を失っているいまの状態では、体力の消耗も通常の比ではないだろう。

いまはどうにか追いつかれずに済んでいるが、このままでは孤児たちに取り囲まれるのも時間の問題と思われた。

「……くそっ！」

非常に分の悪い現状を再認識し、パブロフが頭を掻きむしる。

「くそくそくそっ！　魔法を反射するなどという反則じみた固有スキルさえなければ、あんな下級職パーティなどものの数ではないというのに！　……ん？　反則じみた……。……っ！」

そこでふとパブロフは思い至る。

そうだ。

魔法を跳ね返すなどという強力な固有スキル。それこそ反則といっても過言ではないスキルが、なんの制限もなく使えるわけがない。

膨大な魔力消費はもちろん、反射できる魔法の種類や数にはなにかしらの制約が存在するはずだった。

多少の賭けにはなるが……考えなしに反撃するよりははるかに安全で建設的だ。

「全員聞け！　隊を分けるぞ！」

パブロフは混乱する部隊を立て直すべく、努めて迷いのない声を張り上げた。

＊

「どんどん撃て！　当たらなくてもいい！　連中に立て直す暇を与えんな！　撃って撃って追い立てて、疲弊しきったとこを囲んで一気に潰すぞ！」

パーティメンバーに檄を飛ばしながら、ジゼルはカトレアたちを追跡していた。

森の木々に隠れてその姿はうかがい知れないが、足跡などの痕跡や《下級レンジャー》の探知スキルにより相手を見失うことはない。

「ん!?」

と、探知スキルを継続使用していた《下級レンジャー》のエリンが不審げな声をあげた。

「ジゼル、スキルの精度が低くて詳細はわかんないけど……多分これ、相手が二手以上に別れてる！」

「ああ？」

敵が分散したという報告に、ジゼルは眉をひそめた。

わざわざ戦力を分散してくれるならありがたく各個撃破といきたいところだが……それはあまりにもこちらに都合が良すぎる。

さすがに貴族もそこまでバカではない。

時間稼ぎか、あるいはなんらかの奇襲戦法にでも切り替えるつもりか。

いずれにしろ、なにか企んでいるのは間違いない……とジゼルが警戒を強めていたそのときだった。

ゴオオオオオオオオッ！

ズガガガガガガガガッ！

オオオオオオオオオオッ！

「なっ⁉」

ジゼルは目を見開いた。

それぞれ別の角度から、同時に三つの中級土石魔法が飛んできたからだ。

それは木々を容易(たやす)くなぎ倒して進む強力な砲撃。

火と土の《二重魔導師》であるがゆえに土石魔法も使えるカトレアが、《土石魔導師》二人と足並みをそろえて放つ属性統一の一斉掃射だ。

「あいつらまさか……⁉　くっ、《慢心の簒奪者(ロブリーマジック)》！」

当たれば確実に一撃でダウンするだろうその同時攻撃を前に、ジゼルは当然、即座に《慢心の簒奪者(ロブリーマジック)》を発動させる。

だが——主導権を奪い跳ね返せた砲撃は二つだけだった。

なぜならいまの《慢心の簒奪者(ロブリーマジック)》のＬｖでは、同時に二つの魔法を操るのが限界だったからだ。


ズガガガガガガガガガッ！


「「「うわあああああああああっ⁉」」」

跳ね返すことのできなかった一発の魔法がパーティを直撃する。

悲鳴があがり、何人かが吹き飛び、周辺に土煙が立ちこめた。

「チクショウが……おいお前ら！　大丈夫か⁉」

なんとか砲撃を躱したジゼルが周囲に呼びかける。

その声に応じて孤児組の面々がなんとか立ち上がるが……二人の近接職と一人の魔法職が沈黙したまま動かない。

わずか一撃の中級魔法で、一気に三人も削られたのだ。

「クソッ！　せめていまの《慢心の簒奪者》で向こうの魔法職を一人でも削れてりゃあ……！」

次に魔法の一斉掃射がきても、敵魔導師が二人になっていればすべて反射できる。

そう祈りながらジゼルは配布された身代札を懐から取り出した。

だが身代札で確認する限り、向こうの被害は０。

最初から《慢心の簒奪者》で跳ね返されることを見越して、貴族たちは魔法発射と同時に砲撃地点から逃げるなどの対策を取っているようだった。

カトレアの居場所が特定されないよう属性を統一して魔法を使っていることといい、完全に計算尽くの反撃だ。

「おいジゼル！　向こうが魔法を撃ってきたってことは……っ」

「ああ……あいつら、《慢心の簒奪者》の制約に気づきやがったか⁉」

焦りに顔を歪めてジゼルが叫ぶと同時。

ゴオオオオオオオオオオオッ！

ズガガガガガガガガガガッ！

オオオオオオオオオオオオッ！

「っ!?」

ほとんど確信に近いジゼルの懸念を肯定するかのように、さらなる砲撃が彼女らに襲いかかる。

5

「わはははははははっ！　敗れたり魔法反射！」

「凄いわパブロフ！　さすがはわたくしの側近ね！」

いままでの鬱憤（うっぷん）を晴らすかのような呵々大笑（かかたいしょう）が森に響く。

パブロフは現在、パーティを三つに分けていた。

ひとつは自分とカトレア、《中級レンジャー》を擁する第一隊。

それから二人の《土石魔導師》それぞれに護衛の《騎士》を一人ずつつけた第二、第三隊だ。

ただでさえ少なくなっていた人員をわざわざ三つに分けたその目的は、ジゼルが有する魔法反射スキルの性質を見極めるためだ。

そしてこれが見事に成功した。

三方向から魔法を放つことで、敵が同時に二つまでしか魔法を跳ね返せないと観測できたのだ。

厄介極まりない魔法反射スキルだったが、その詳細が判明してしまえばあとは簡単。

苦し紛れの魔法反射を食らわないよう動き回りつつ、三つ同時に中級魔法をぶち込み続けるだけだ。本当ならもう少々策を凝らし爆撃魔法で一網打尽にしてやりたいところだったが、万が一なにかの間違いで跳ね返されては避けきれない。

それに連中は所詮下級職パーティ。中級土石魔法の連発だけで十分に片がつく。

現に最初の魔法一斉掃射で敵は一気に三人脱落。続く魔法攻撃でも確実に数を削ることができているのだ。

形勢は完全に逆転したといってよかった。

「あはははははっ！　これよ、これこれ！　こうやって一方的に撃ち殺すのが魔法職の醍醐味なのよ！　ジゼル・ストリング、このわたくしをいままで散々な目に遭わせて……！

貴族との地力の差というものをわからせてあげるわ！」

「ええそうです！　生意気な孤児どもに、身分の違いをたっぷりと思い知らせてやりましょう！」

機嫌の直ったカトレアを見て、パブロフも大満足だ。

これならダリウスの合流を待つまでもなく勝負がつくだろう。

「さあ、どんどん魔法をぶち込んでやれ！」

自分たちから見て東の方向へと散った第二、第三隊へパブロフが大声で檄を飛ばす。

が――。

「……？　どうした？」

とっくに魔法詠唱が完成しているはずなのに、いつまで経っても第二、第三隊から魔法発射の合図がない。

詠唱を終えたカトレアが魔法を待機させておける時間をすぎても動きがなく、パブロフは訝しむように首をひねる。

「おい、いったん向こうの様子を――」

と、それまでジゼルたちの位置を把握することに集中していた《中級レンジャー》へ声をかけた――そのときだった。

「ぐあああああああああっ⁉」

突如、茂みの向こうから《騎士》の一人が半ば吹き飛ぶように転がり出てきた。

「な、なんだ!?」

その普通ではない様子にパブロフたちはぎょっと目を見開く。

高い防御を誇る《騎士》であるにもかかわらず、そのパーティメンバーは顔面が大きくひしゃげるほどのダメージを負っていたのだ。

「お、おいどうした!? なんだその怪我は!?」

「な、なんなんだあいつ……!? みんな、助けを呼ぶ間もなくやられた……!」

パブロフの問いにレベル20の《騎士》が掠れた声を発する。

と、それを追うようにガサガサと茂みの向こうから現れたのは、人畜無害を絵に描いたような風貌の少年だった。

「よかった、ジゼルたちが全滅する前に追いつけて……!」

剣の柄を血で濡らした《無職》の少年クロスが、ほっと胸をなで下ろすように優しげな声を漏らす。

「は……?」

その理解不能な光景に思わず間抜けな声を漏らすのはパブロフだ。

「なん……だっ!? どういうことだ!? なぜ貴様がここにいる!? ダリウスはどうした!?」

取り乱したパブロフが慌てて味方の身代札を確認する。

しかしそこに示されていたのは、パブロフの混乱をさらに深めるものだった。

いましがた《騎士》が語っていたように、第二、第三隊の《土石魔導師》二人と護衛の《騎士》が一人脱落。

そして驚くべきことに、ダリウスまでもがすでにやられてしまっていたのだ。

「ば、馬鹿な……!?　ヤツが一対一でレベル0の《無職》に負けたというのか!?」

それだけでも信じがたいことだが、さらに信じがたいのはダリウスに足止めを食らっていたはずのこの《無職》がいま目の前にいるという事実だった。

魔法を撃ちまくっていたのだから、こちらの居場所がバレているのはまだわかる。

だがダリウスとの戦闘を終えてからのわずかな時間でジゼル・ストリングたちを追い越し、《中級レンジャー》の索敵範囲をも迂回してこの場に現れるなど、どう考えてもあり得なかった。

「まさか……先ほど私たちの防御陣を突破したあの風魔法の力か……!?」

クロスの周囲で逆巻く風に気づき、パブロフが息を呑む。

あのときは奇襲に浮き足立って検証する余裕もなかったが、よもやこれほど凶悪な機動力を有するスキルだったとは……っ。

そうしてパブロフが驚愕と混乱を深める一方、その比ではないほど混乱している者がいた。

カトレア・リッチモンドだ。

「え……？　え……？」

なにがなんだかわからない。

ついいましがたまで完全に勝てる流れだったのに、一体なにがどうなっているというのか。

と、理解の追いつかない現実にカトレアが呆然としていたときだ。

「うがっ!?」

カトレアと同様、信じがたい展開に混乱しきって索敵を怠っていた《中級レンジャー》が短い断末魔をあげてその場に崩れ落ちた。

茂みの奥から現れた《撃滅戦士》に不意打ちを食らったのだ。

「おーし、ようやくその間抜け面が拝めたな、クソ貴族」

そう言ってカトレアに殺気を向けるのは、《下級レンジャー》のエリンを引き連れたジゼル・ストリング。

クロスの活躍によって魔法攻撃が止むと同時、即座にこの場に駆けつけたのだ。

索敵の要であるエリンを砲撃から庇っていたためにその身体はボロボロだが、瞳に宿る殺意と戦意は欠片も衰えていない。

「ひっ!?」

その《バーサーカー》もかくやという眼光に射竦められ、カトレアは顔面蒼白になって悲鳴を漏らす。最早「なにがなんだかわからない」などと言っていられる状況でないことは明らかだった。

　そしてその状況を見て、パブロフが即座に動く。

「お、お逃げくださいカトレア様！」

　先ほどのダリウスのように、カトレアを背にかばいながら細身の《瞬閃騎士》は叫ぶ。

「制限時間いっぱい生き残れば引き分け！　練習場は折半され、なし崩しに我々の目的は達成できます！　屈辱ではありますが、カトレア様さえ生き残れば最低限の面目は立つのです！　我々が時間を稼ぎますから、どうかお逃げください！」

　生き残った《騎士》を引っ張り起こしながら、パブロフが苦渋に満ちた表情でまくし立てる。

「で、でもわたくし、一人で森の中なんて……！」

　と、カトレアはこの期に及んで甘ったれたことを言っていたのだが、

「ああ!?　この期に及んでどこいくつもりだクソビッチ！」

「ぴっ!?」

　敵の作戦会議など待つわけもなく、ジゼルがカトレアに斬りかかる。

　ガギン！

　カトレアの顔面を狙ったバスタードソードの一撃はなんとか《騎士》が受け止めたものの、あふれ出る殺意や敵意までガードできるものではない。

「ひいっ！　ひいいいいいいいいいっ！」

生まれて初めて至近距離から殺意満々の攻撃に晒されたカトレアは腰を抜かし、半ば這いずるように森の中へと逃げだしていた。

「っ！　逃がすか！　おいクロス！　ここで逃がしたら私らの負けになる！　速攻でぶっ殺すぞ！」

「うん！」

「させるか！」

ガギイイイイイン！

「……っ！　……っ！」

物騒なやりとりと耳をつんざくような戦闘音。

恐ろしいことこの上ない騒音から少しでも早く遠ざかろうと、カトレアは森の中をひた走る。

がむしゃらに手足を動かし、少しでもジゼルたちから距離を置こうと悪路を進んだ。

だがそれから間もなく——、

ドオオオオオオン！


強大な魔法の炸裂する音が森を揺らした。

続いて後方から聞こえてくるのは、ザザザザザザ！　明らかに自分を追ってくる何者かの気配。

「いや……もういやあああああああああああああああああっ！」

カトレアは頭がどうにかなりそうだった。

どうしてこんなことに！　どうしてこんなことに！

ふわふわスライムの討伐に苦戦していたような孤児の集団なんて、鼻歌混じりに瞬殺できるはずだったのに！

それがどうしてこんな、森の中を泥まみれになってみすぼらしく逃げ回っているの!?

なぜこのわたくしが慣れない森の中で独り、モンスターみたいな殺気をまき散らす女に追われなきゃいけないの!?

「全部！　全部パブロフが悪いのよ！　パブロフが試合会場に森なんて選ぶから！　パブロフが制限時間つきの殲滅式なんかにするから！」

八つ当たりのように叫び、しかしその叫び声で敵に居場所がバレるのではとすぐに口をつぐむ。

「でも、そうよ……時間さえ稼げば……向こうには下級の《レンジャー》しかいないのだから、頑張って逃げてればきっと振り切れるわ……っ」

恐怖に折れそうな自分の心を鼓舞するように囁き、カトレアは必死に足を動かし続ける。

そうして森を駆けずり回り、どのくらいの時間が経った頃だろうか。

「っ」

右も左もわからないままがむしゃらに森の中を進んでいたその先で、カトレアは一つの人影を見つけた。

木の陰に寄りかかって待ち伏せするかのようなその影に一瞬、心臓が飛び出しそうになる。

だが見覚えのある鎧(よろい)の意匠に気づき、カトレアの表情が一気に華やいだ。

「パブロフ!?」

完全に脱落したものと思っていた従者との再会に、カトレアは全力で駆け寄る。

つい先ほど「全部パブロフのせいよ！」と憤っていたことも忘れ、泣きそうになりながら側近の鎧にすがりついた。

「あの連中を振り切ったのね!?　よくやったわ！　あなたはわたくしの騎士なのだから、制限時間がくるまで責任持って側でわたくしを守りなさ――」

カトレアの言葉が最後まで続くことはなかった。

なぜなら――ズル。

カトレアにすがりつかれたパブロフの身体(からだ)が、力なくその場で崩れ落ちたからだ。

「……え?」

よく考えれば、パブロフがこうして先回りしているなどあり得ないことだった。

もう《中級レンジャー》は脱落しているのだから、パブロフが森の中に逃げたカトレアに追いつける道理などないのである。

呆然とするカトレアが周囲を見回せば、そこには《騎士》や《中級レンジャー》も倒れていて……自分が森をさまよったあげく、従者たちの全滅した現場に戻ってきただけなのだと気づいたカトレアはその場でへたり込む。

「そ……んな……」

今日何度目になるともしれない希望から絶望への急転直下。

最早自分を守る者など誰一人残っていない森の中で、カトレアがほとんど思考停止状態に陥っていると……ガサガサガサ。

「ま、従者におんぶに抱っこでろくに森の依頼もこなしたことのねえお嬢様じゃこうなるわな」

「なんとか追いつけて良かった……逃げ方が雑で助かったね」

「……っ!?」

背後から聞こえてきた声にカトレアは肩を跳ね上げる。

恐る恐る振り返れば、そこにいたのは当然、《下級レンジャー》を引き連れたジゼルとクロスで――、

「やっと追い詰めたぜ、カトレア・リッチモンド様よぉ」

「ひっ!?」

バスタードソードを構えたジゼルが、凶悪な笑顔でカトレアを見下ろしていた。

最早語るまでもないが、ダリウス戦を経てさらに《魔法剣士》スタイルを洗練させたクロスはジゼルと協力し、ボロボロの《騎士》とパブロフを即座に撃破。

《下級レンジャー》の索敵スキルと併せ、折れた枝や足跡などを追うことでどうにかカトレアを発見したのだった。

あとは《慢心の簒奪者》によって魔法を封じられた目の前の《二重魔導師》にトドメを刺すだけである。

「い、いやあああああ！　痛いのは絶対にいやああああああああっ！」

追い詰められたカトレアは最早立ち上がる気力もないようで、地面にへたり込んだままずりずりと後ずさる。

だがそんな懇願を試合中に――それもいままで散々バカにされてきたジゼルが受け入れるはずもない。

「ほーん。痛いのが嫌なのか。そうかそうか、わざわざ教えてくれてありがとな」

いままでのことでよほど鬱憤が溜まっていたのだろう。

ジゼルが瞳に殺意をたぎらせてバスタードソードを掲げる。

「ね、ねえジゼル？　わかってると思うけど、やりすぎはダメだよ？」

と、さすがにヤバいものを感じたクロスが口を挟むのだが、

「てめーはルール聞いてなかったのかよ。この森の中じゃあよっぽどの威力で攻撃しねー限り殺しても死にゃしねーんだ。……まあ、ちょっと勢い余って何回も殴っちまったら運悪く死ぬかもしれねえけど、そうなっても仕方ねえよなぁ？　つーわけで……くたばれ！　中級剣技《巨岩斬り》！」

「ぴっ⁉」

ドゴン！　バキバキバキィ！

ジゼルはカトレアをたっぷり脅かしたのち、彼女の顔のすぐ横に全力でバスタードソードを叩き込んだ。

それは『ぶっ飛ばす前に、二度と刃向かう気を起こさねえようたっぷり恐怖を刻み込んでやる！』という意図があってのことだったのだが……。

ぶくぶくぶく……じょばぁ……。

殺意たっぷりの攻撃が頬(ほお)をかすめたカトレアはあまりの恐怖に口から泡を、下から人としての尊厳を漏らし、がくりとその場に崩れ落ちてしまう。

その瞬間、

『試合終了――――っ！』

「はあ!?」

《音響魔導師》による試合終了の掛け声が響き、ジゼルが目を剝いた。

「この貧弱貴族、攻撃がかすっただけで気絶しやがったのか!?　クッソ！　変にいたぶらずにさっさと斬り殺しとけば……いや待てよ、審判が回収にくるまでなら、気晴らしに何発かぶん殴っても……」

「わーっ!?　ちょ、ジゼル！　待って待って！　そんなことしたら反則扱いとか試合無効とか、どんな難癖つけられるかわかんないよ!?」

「っ!?　わ、わーったよ！　わかったから私に触るんじゃねえええええ！」

――と、最後に一問着はありつつ。

貴族に売られた理不尽な喧嘩は、クロスたちの完全勝利で幕を下ろすのだった。

エピローグ　成長の証。そして

カトレアさんたちとの決闘から数日後。

守り切った練習場で連携訓練を重ねた僕たちは、二回目のふわふわスライム討伐大会に参加していた。


「──ウォーターカノン！」

「──ファイアシュート！」

「「「──キイイイイイイイイイイイイイイイイイイイッ！」」」

パーティの魔法職二人が攻撃を仕掛けたことで、ふわふわスライムの群れがこちらに突っ込んでくる。

「おし、いまだクロス！」

「うん！」

ジゼルの檄(げき)に応えるかたちで、僕はモンスターの群れに手の平をかざす。

「逆巻く暴威に手綱を通し　我が砲撃となりて敵を討て――《トリプルウィンドランス》！」

「「「ピギイイイイイイイイイイイッ!?」」」

三つの竜巻が絡み合う強大な風の槍がモンスターの群れを飲み込んだ。

「よしっ！」

カトレアさんたちと戦ったときよりもＬｖの上がった中級風魔法の威力に、僕は拳を握りながら声を漏らす。

「「「――キイイイイイイイイイイイイイイイイイッ！」」」

魔法を回避したスライムたちが怯まずに突っ込んでくるけど、その数は先ほどと比べてごっそりと減っている。

それでもかなりの物量ではあったけど、僕たちの手で十分に対処できる頭数になっていた。

「……っ！　クロスお前、なんでこの短期間で中級スキルがＬｖアップすんだよ……まあいい、この調子でどんどん狩るぞ！　《身体能力強化》！」

《撃滅戦士》のジゼルを中心に、パーティの近接職が魔法職を守りながらスライムを次々と切り捨てていく。

僕も当然それに参加しつつ、並行して次の砲弾を準備していた。

「我に従え満ち満ちる大気　手中に納めし槍撃　その名は暴竜　来たれ一陣の風　一陣の風

一陣の風　猛り集いし渦巻く旋風　三頭の竜がもがく空　逆巻く暴威に手綱を通し　我が砲撃となりて敵を討て――《トリプルウィンドランス》！」

追加で押し寄せてきたスライムたちが再び風に飲まれ、ごっそりと消えてなくなる。

（よしっ、修行の成果が出てるぞ！　前回とは戦いやすさが全然違う！）

押し寄せてくるスライムを撃ち落とし、残りを切り払い、さらに押し寄せてきたスライムたちをまた撃ち落とす。

僕たちは練習の成果を遺憾なく発揮し、その工程をひたすら繰り返すのだった。

そうして無事に討伐大会を終えた夕方。

「う、うわぁ……こんなふうに注目されたことってなかったから、緊張するなぁ」

「おどおどすんなバカ。また舐められんだろうが」

ジゼルが言いながら僕に肘鉄を入れてくるけど……どうしても落ち着かない。

「それでは今大会の最多討伐パーティに続き、三つの優秀成績パーティ前へ！」

なぜなら僕はいまギルド職員の人に壇上へ呼ばれ、パーティ代表としてジゼルとともに表彰されていたからだ。

練習の成果、そして師匠たちから授かったスキルによって、思いのほか大量のスライムを討伐できていたらしい。

前回の大苦戦とは一転、信じられないほどの躍進だ。

さすがに中級魔導師が三人もいるカトレアさんたちが二週間前に打ち立てた記録に比べるとかなり少ないはずなんだけど……カトレアさんたちのパーティが今回の大会に不参加ということで順位が繰り上がり、ギリギリで入賞できたとのことだった。

（それにしても大会に不参加って、カトレアさん、僕たちに負けたことで表に出づらくなっちゃったってことなのかな……）

と、カトレアさんたちのことが少し心配ではあったけど……「勝ったほうがそういうの気にすんのは逆に失礼だぞ」とジゼルに諭され、僕はひとまず目の前の〝成果〟を嚙みしめることにした。

すなわち、入賞するほどにたくさん討伐したスライムの報奨金だ。

安定してスライムを討伐し続けることができたおかげで、孤児組のみんなやジゼルもたっぷりと報奨金を受け取っている。

けどそのなかでも中級風魔法を獲得した僕の取り分はぶっちぎりで、いままで見たことのない金額になっていた。

装備の新調はもちろん、エリシアさんとの密会にも問題なさそうなほどだ。

な、なんか……本当に僕がこんなにもらっていいんだろうかって不安になる額だなぁ……。

と、僕がずっしりと膨らんだ革袋におののいていると、

「おいクロス！　なんだよそのバカみたいな賞金！」

「せっかくだから今日くらいはぱーっと使っちまおうぜ！」

「あー、じゃあアレだ。この前、ちょっと高いけど美味い飯屋を見つけたんだよ。今日はそこで派手に祝勝会でもすっか？　今日の分と、あのクソ貴族どもをぶっ飛ばせた分と」

臨時収入に大盛り上がりの孤児組が乱暴に肩を組んできて、ジゼルがなぜか少し顔を逸らしながら魅力的な提案をしてくれる。

僕はついその誘いに頷きそうになるのだけど……、

「ええと、ごめん。この報奨金の最初の使い道はもう決めちゃってるんだ」

きっぱりと断り、僕はその場から走り出した。

もたもたしているとお店が閉まってしまうかもしれないから。

「え、おいクロス!?」

「ホントごめんっ、祝勝会はまた今度で！」

誘ってくれたジゼルたちにもう一度頭を下げてから、僕は夕暮れのメインストリートに駆け出した。

＊

「お、やっと帰ってきたなクロス。討伐大会のほうはどうだったよ。討伐数、前回よりもかなり伸びたんじゃねーか？」

「聞くまでもないな。この私が直々に魔法を授けたのだぞ」

「前回に比べたら怪我もかなり少ないし～、上手くいったのは間違いないよねぇ。あ、でも回復はいつも通りしっかりしてあげるからこっちにおいで～」

僕がお屋敷に戻ると、いつものように師匠たちが優しく出迎えてくれた。

リオーネさん、リュドミラさん、テロメアさんの笑顔に、くすぐったいものを感じながら僕は温かい気持ちになる。

けどそれと同時に、今日の僕は三人の師匠を前に少しばかり緊張していた。

（うぅ、改めてとなるとやっぱりちょっと恥ずかしいし、ドキドキするなぁ。ちゃんとしたものを選べたかもわかんないし……）

と僕がもじもじしていたところ、

「ん～？　クロス君、なにか後ろ手に隠してるぅ？」

「え!?」

いつまで経っても回復スキルを受けにこない僕を不審がったのか、テロメアさんが僕の隠し持っているものに気づいて覗き込んでくる。

それを受けてリオーネさんとリュドミラさんも「なんだどうした」と僕がなにかを隠し持っていると気づいたようで……ああもうバレちゃったなら仕方ない！

「その……S級冒険者である皆さんのお口に合うかはわかんないんですけど……」

言って、僕は後ろ手に隠し持っていたソレをおずおずと差し出した。

討伐大会が終わってすぐ買いに走ったお菓子の詰め合わせだ。

「今日の討伐大会、皆さんに鍛えてもらったおかげで、表彰されるくらいたくさんのスライムを討伐できたんです。この前の決闘も、特別しっかり対策を授けてもらったおかげで無事に勝てましたし。皆さん、お礼なんかいいって普段から言ってくださいますけど……やっぱり僕、どうしても皆さんに感謝の気持ちが伝えたくて」

エリシアさんとの食べ歩きで見つけたお店の中からさらに厳選したオススメのお菓子とともに、僕は自分の思いを口にする。

《無職》の僕なんかを拾ってくれた師匠たちに返せるもんなんてまだなにもない。けどせめて、この気持ちだけはしっかりと伝えておきたいと思ったのだ。

（街一番の豪邸をポンと買えちゃうような師匠たちにお菓子なんてお礼になってないかもしれないけど……）

ドキドキしながら顔をあげる。

すると、

「クロスく〜〜〜ん！」

「わあ!?」

いきなりテロメアさんに抱きつかれ、僕は驚いて悲鳴をあげる。

「も〜♥　そんなに気を遣ってくれなくていいっていつも言ってるのにぃ。ああ、けどどうしよう、凄く嬉しぃ……♥　ああもうどうしてこんなに可愛いんだろ──みきゃ!?」

と、僕に頬ずりしていたテロメアさんが引き剝がされたかと思えば、

「おお、すげー美味そうな菓子だな。ありがたく受け取っとく……ヤベェ、顔がにやける……なんだこれ……このあたしがクロスのほうを直視できねぇ……っ」

テロメアさんを引き剝がしたリオーネさんがなぜかやたらと顔を逸らしながら言う。

さらにリュドミラさんはいつもの冷静な顔で、

「よし、今日の修行は中止だ。決闘に討伐大会と実戦が続いているし、今日はクロスの買ってきてくれたこれを茶菓子に紅茶でも飲んでゆっくりしよう」

突如として修行の中止を宣告。

僕が「え？　え？」と面食らっていると、リュドミラさんはあっという間に二人分のお茶の用意を済ませてしまう。

……って、あれ？　二人分？

「リュドミラてめえ！　なに当たり前みてえにクロスとの時間を独占しようとしてんだ!?　オラ、あたしらにも茶ァ出せ茶ァ！」

「てゆーかなにしれっと多めにお菓子を取ってるのかなぁ？　普通は三等分……いや、ずーっと修行に貢献してきてるわたしが一番多めにもらってしかるべきだよねぇ」

「騒がしい連中だな。この前の決闘も今回の討伐大会も私の授けた魔法が大きな働きをしたのだ。クロスからの初めてを私が最も多く、そして特別なかたちで受け取る権利があるに決まっているだろう」

「ああ？」

「は〜？」

「え、え!?　ちょっと皆さん!?」

お菓子が好評みたいなのは良かったけど、なんだか好評すぎる!?

「大丈夫ですよ!?　お菓子はまた買ってくるので！」

それから僕は、なぜかいつもよりずっと激しく睨み合うリオーネさんたちを頑張って説得し続け……どうにか無事、感謝の印を穏便に受け取ってもらえたのだった。


……その後。

テロメアさんがお菓子を「あ〜ん」してくれたり、リオーネさんがなんだかやたらと頭をわしゃわしゃしてくれたり、リュドミラさんのマッサージがいつもより長くて丁寧だったり——お菓子を受け取ってもらったあとのほうがドキドキすることの連続である意味大変だったのだけど……。

こんなちょっとしたお返しでリュドミラさんたちに喜んでもらえたなら何よりだと、僕は最終的にとても幸せな気持ちで寝床についた。

いつか本当の意味でこの人たちに恩返しできるくらい強くなれればいいな、なんて途方もない夢を胸に抱いて。

固体名：クロス・アラカルト　種族：ヒューマン　年齢：十四
職業：無職
レベル：0
力：0　防御：0　魔法防御：0　敏捷（びんしょう）：0
（攻撃魔力：0　特殊魔力：0　加工魔力：0　巧み：0）
直近のスキル成長履歴
《力補正Lv9（＋70）》　→　《力補正ⅡLv1（＋88）》

《防御補正Ｌｖ10（＋86）》
↓
《防御補正ⅡＬｖ１（＋94）》

《俊敏補正ⅡＬｖ２（＋100）》
↓
《俊敏補正ⅡＬｖ４（＋116）》

《攻撃魔力補正ⅡＬｖ１（＋92）》
↓
《攻撃魔力補正ⅡＬｖ４（＋116）》

《切り払いＬｖ９》
↓
《中級剣戟（けんげき）強化Ｌｖ１》

《身体能力強化【中】Ｌｖ１》
↓
《身体能力強化【中】Ｌｖ４》

《緊急回避ⅡＬｖ１》
↓
《緊急回避ⅡＬｖ２》

《身体硬化【小】Ｌｖ８》
↓
《身体硬化【小】Ｌｖ９》

《トリプルウィンドランスＬｖ２》
↓
《トリプルウィンドランスＬｖ５》

《風雅跳躍Ｌｖ１》
↓
《風雅跳躍Ｌｖ３》

《クロスカウンターＬｖ８》
↓
《中級クロスカウンターＬｖ１》

《体外魔力操作Ｌｖ６》
↓
《体外魔力操作Ｌｖ７》

《体外魔力感知Ｌｖ６》
↓
《体外魔力感知Ｌｖ７》

《体内魔力操作ＬｖＬｖ５》
↓
《体内魔力操作Ｌｖ６》

《体内魔力感知Ｌｖ５》
↓
《体内魔力感知Ｌｖ６》

既存スキル
《特殊魔力補正Ｌｖ５（＋41）》

《魔防補正Lｖ２（＋15）》
《ガードアウトLｖ５》
《イージスショットLｖ１》

＊

そうしてクロスが寝床についたあと。

愛弟子からの贈り物によって自分たちでもよくわからない感じに理性を失っていたリオーネたちは正気に戻り、改めてクロスの急激な成長に目を見張っていた。

「討伐大会入賞か……クロスのヤツ、また飛躍的に成長しやがったな」

「ああ。私の修行にクロスの素直な頑張りが加わった結果とはいえ、少々できすぎなくらいだ」

「中級スキルについては予想どおり少し伸びが落ち着いてるけど、それでも普通に比べたらがっつり成長してるよねぇ。……《持たざる者の切望》、まだLｖ１なのに」

スキルは中級、上級とランクが高くなっていくにつれ、熟練度を上げるのが難しくなっていく。

クロスもその例に漏れず発現した中級スキルの伸びは多少鈍化しているのだが、それはあくまで下級スキルの伸びと比べての話。最弱無能職の《無職》としてはもちろん、一般的なスキルの成長速度とは比べものにならないほどのLvアップが続いていた。

スキルの成長を促す前代未聞の固有スキル、《持たざる者の切望》。

得体の知れないその凄まじい効力に、世界最強クラスのS級冒険者である三人も目を剝くばかりだ。

――だがまあ、そうしてクロスが強くなってくれるに超したことはない。

ただでさえ可愛い愛弟子であるクロスが将来の伴侶にふさわしい成長を遂げてくれることに不都合はないのだ。

それになにより。

街中が注目する中で貴族と決闘し、パーティの主力としてこれを撃破した事実。

《無職》の平民にあるまじきこの功績により、クロスはこれから出過ぎた杭として方々から目をつけられるに決まっているのだから。

＊

バスクルビアの街は現在、とある話題に湧いていた。

それというのも、貴族に喧嘩を売られた孤児のパーティがこれを返り討ちにしたというのだ。

通常であればこのような与太話、そう簡単に信じられるものではない。

だが今回の喧嘩は正式な決闘ということで事前に多くの耳目を集めており、その勝敗については疑問を差し挟む余地さえなかったのだ。

加えてカトレア・リッチモンドの所属勢力と敵対関係にある貴族派閥が「これ幸い」と彼女の無様な敗北について喧伝したことで、その話題は広く長く世間の口に上がっていたのである。


「……以上が、カトレア様敗北の大まかな顚末になります」

豪奢な内装で飾り立てられた、とある屋敷の一室。

闇に紛れるような衣装を身に纏った一人の女性が、事務的な口調でその調査結果について述べていた。

それを黙って聞いているのは、十九歳ほどの青年だ。

整った顔立ちに周囲を圧するような鋭い雰囲気。

若くしてこの豪邸の主たらんとする気概は彼の面立ちにも現れ、多少のことでは小揺るぎもしない自信が全身に満ちている。

だが女性従者から一通りの報告を受けた彼はいま、その相貌を酷く歪めていた。

「ディオスグレイブ派の面汚しが……！」

苛立たしげに吐き捨てる。

続けて青年は女性従者に顔を向け、

「カトレアの間抜けには私から直々に制裁を加えておく。お前たちはカトレアを下したという孤児たちについて調べておけ。特に、ダリウスが言っていた男――今回の決闘の勝敗を大きく左右したという《無職》の子供については念入りにな」

ディオスグレイブ派第四位――ギムレット・ウォルドレア。

上位貴族と呼ばれるその青年は女性従者に鋭く命じると、敵意に満ちた瞳でまだ見ぬ《無職》の少年を見据えるのだった。

あとがき

調子に乗ってる女の子って可愛いですね。

その後〝理解〟らせられる部分もひっくるめて。

……というわけでカトレアちゃんが180ページほどかけてひたすらフラグを積んでいく最強女師匠2巻、いかがだったでしょうか。

作者としては表紙にめちゃくちゃ可愛いジゼルを描いてもらえた時点でもう大満足です。なんだこの健康ドスケベヒロイン……。

1巻の時点で既に「おねショタを期待して買ったのに、いつの間にか同級生ヒロインのジゼルを好きになってた」という声が多かったのに、こんな素晴らしいイラストが表紙にきたら一体どうなってしまうんだ……。

……あ、違う、違います。

この作品は健全硬派を目指して書いたので、あとがきも健全にしないといけないんでした。表紙がドスケベとかそういうのはＴｗｉｔｔｅｒのほうで言及すればいいわけですしね！（本編でテロメアさんあたりが暴走しだしてる事実からは目をそらしつつ）

それにしても、今回の原稿はいつもより少しばかり大変でした。

僕は基本的に部屋にこもって小説を書いているのですが、その合間に結構外に出て息抜きをしたりします。映画を見に行ったりスーパー銭湯に行ったり、昨年あたりからはジム通いもはじめてました。

それがこのコロナ騒ぎで様々なレジャーに行きづらくなり、ふらっと東京へ行って作家仲間さんとお酒を飲む機会も壊滅。

まあ元々かなりのインドア派ではあるのでお散歩を増やすなどして事なきを得ましたが、いつもの執筆→息抜きのルーティンが崩れたのはそれなりに影響があり、新しいスタイルを模索するのにちょっと手間取っていました。

ファミレスや喫茶店を仕事場代わりにしている作家さんに比べれば影響はかなり少ないでしょうが、早いところこの騒ぎが収まってほしいものです。

人は普段隠されている部分に性的な魅力を感じるもの。

早くしないとマスクを外す＝性的な仕草という認識になってしまうのも時間の問題ですからね……。

それでは以下、謝辞です。

イラストを担当してくださったタジマ粒子様。

冒頭でも書きましたが、今回も素晴らしいイラストをありがとうございました！

特にジゼルは褐色ヒロインにしてよかったと改めて思える表紙で、1巻の挿絵に続いて何度もニヤニヤさせていただきました。

そして1巻を購入し、感想を届けてくださった方々にも感謝を。

ネットでの感想に加え、今回はサイン本企画でもたくさんのファンレターをいただけて非常に嬉しかったです。作者のモチベーションになると同時に他の方へ本を届ける一助にもなっている読者の感想というのはとてもありがたいもので、ひとつひとつを大切に嚙みしめております。この本が発売する頃、僕はまたエゴサの鬼になっていることでしょう。


そして最後に告知です。

既にどこかで発表されているかもしれませんが、とてもありがたいことに最強女師匠のコミカライズ企画が動いております！

詳しくは作者のＴｗｉｔｔｅｒアカウント（@akagihirotaka）で随時ご報告させていただくことになると思いますので、是非ご活用ください。


それでは。

次は最強女師匠の3巻か、あるいは別シリーズの絶頂除霊のほうでお会いできますように。

ガガガ文庫1月刊

剣と魔法の税金対策

著／SOW
イラスト／三弥カズトモ

「我が配下となれば世界の半分をくれてやろう！」「え、マジ!?」「それ、贈与税がかかります」――税制が支配する世界で勇者と魔王が税金対策のために偽装結婚！　頼みの綱は"ゼイリシ"の少女!?　節税コメディ開幕！

ISBN978-4-09-451882-5（ガそ1-1）　定価：本体660円＋税

弱キャラ友崎くん Lv.9

著／屋久ユウキ
イラスト／フライ

冬。彼女である菊池さんとすれ違い、また話し合いを重ねていくうちに。俺は、自分の業とも呼ぶべきものに向き合うことになる。それは、今まで気付かなかった菊池さんの一面をも明らかにして――。

ISBN978-4-09-451878-8（ガや2-11）　定価：本体730円＋税

双血の墓碑銘3

著／昏式龍也
イラスト／さらちよみ

故郷で侍としての矜持を改めて胸に刻んだ隼人は、柩、沖田と共に箱根へと向かう。数多の願い、思惑、約束は果てへと進み入り乱れ、激動の時代は終わりを迎える――。血風吹き荒ぶ幕末異能録第三弾、これにて閉幕！

ISBN978-4-09-451884-9（ガく3-3）　定価：本体640円＋税

育ちざかりの教え子がやけにエモい3

著／鈴木大輔
イラスト／DSマイル

夏休み。スカウトをきっかけに、ひなたと彩夏は映画のエキストラに参加することに。しかし、主演女優の三沢ひかりとひなたの邂逅から、事態は大きな転換を見せ――？　エモ×尊みラブコメ、嵐の予感の第3幕。

ISBN978-4-09-451885-6（ガす6-3）　定価：本体600円＋税

董白伝 ～魔王令嬢から始める三国志～3

著／伊崎喬助
イラスト／カンザリン

長安に都を移し、いよいよ"経済圏"の構築に乗り出す董白。必要なものは、塩、そして銀。そんな折、曹操に仕えた軍師、荀攸が近くに逗留していることを知る。董白は、ブレーンとして勧誘するのだが……？

ISBN978-4-09-451887-0（ガい7-7）　定価：本体660円＋税

僕を成り上がらせようとする最強女師匠たちが育成方針を巡って修羅場2

著／赤城大空
イラスト／タジマ粒子

「駆け出しの冒険者が危険度4のモンスターを倒した」そんなニュースがクロスとジゼルを注目の的としていた。そしてクロスの修行は次の段階へ！　最強の師匠たちはクロスを魔法剣士として育て始めるのだった。

ISBN978-4-09-451881-8（ガあ11-22）　定価：本体600円＋税

GAGAGA

ガガガ文庫

僕を成り上がらせようとする最強女師匠たちが育成方針を巡って修羅場2

赤城大空

発行　2021年1月24日　初版第1刷発行

発行人　鳥光 裕

編集人　星野博規

編集　小山玲央

発行所　株式会社小学館
〒101-8001 東京都千代田区一ツ橋2-3-1
[編集] 03-3230-9343　[販売] 03-5281-3556

カバー印刷　株式会社美松堂

印刷・製本　図書印刷株式会社

Printed in Japan　ISBN978-4-09-451881-8

第16回小学館ライトノベル大賞
応募要項!!!!!!!!!!!!!!!!!!!!!!!!!!!!!!!!!!!!!

ゲスト審査員は磯 光雄氏!!!!!!!!!!!!!!!!!

大賞：200万円＆デビュー確約
ガガガ賞：100万円＆デビュー確約
優秀賞：50万円＆デビュー確約
審査員特別賞：50万円＆デビュー確約

第一次審査通過者全員に、評価シート＆寸評をお送りします

内容 ビジュアルが付くことを意識した、エンターテインメント小説であること。ファンタジー、ミステリー、恋愛、ＳＦなどジャンルは不問。商業的に未発表作品であること。
（同人誌や営利目的でない個人のWEB上での作品掲載は可。その場合は同人誌名またはサイト名を明記のこと）

選考 ガガガ文庫編集部＋ゲスト審査員 磯 光雄

資格 プロ・アマ・年齢不問

原稿枚数 ワープロ原稿の規定書式【１枚に42字×３４行、縦書きで印刷のこと】で、70〜150枚。
※手書き原稿での応募は不可。

応募方法 次の3点を番号順に重ね合わせ、右上をクリップ等（※紐は不可）で綴じて送ってください。
① 作品タイトル、原稿枚数、郵便番号、住所、氏名（本名、ペンネーム使用の場合はペンネームも併記）、年齢、略歴、電話番号の順に明記した紙
② 800字以内であらすじ
③ 応募作品（必ずページ順に番号をふること）

応募先 〒101-8001 東京都千代田区一ツ橋 2-3-1
小学館　第四コミック局　ライトノベル大賞係

Webでの応募 GAGAGA WIREの小学館ライトノベル大賞ページから専用の作品投稿フォームにアクセス、必要情報を入力の上、ご応募ください。
※データ形式は、テキスト（txt）、ワード（doc、docx）のみとなります。
※Webと郵送で同一作品の応募はしないようにしてください。
※同一回の応募において、改稿版を含め同じ作品は一度しか投稿できません。よく推敲の上、アップロードください。

締め切り 2021年9月末日（当日消印有効）
※Web投稿は日付変更までにアップロード完了。

発表 2022年3月刊『ガ報』、及びガガガ文庫公式WEBサイトGAGAGAWIREにて

注意 ○応募作品は返却致しません。○選考に関するお問い合わせには応じられません。○二重投稿作品はいっさい受け付けません。○受賞作品の出版権及び映像化、コミック化、ゲーム化などの二次使用権はすべて小学館に帰属します。別途、規定の印税をお支払いいたします。○応募された方の個人情報は、本大賞以外の目的に利用することはありません。○事故防止の観点から、追跡サービス等が可能な配送方法を利用されることをおすすめします。○作品を複数応募する場合は、一作品ごとに別々の封筒に入れてご応募ください。